Author 阿滅的小怪獸
Illustrator Gene

CONTENTS

My partner's always so charming

# Chapter 13 肯定不是什麼正經的書

※小說《西城警事：慾望殺機》的劇情概要：

16年前，西河市舉行市長競選，候選人A遭到對手B的設計汙衊，謠傳他與競選辦公室裡的女實習生發生不倫戀，又失手將對方殺死後毀屍滅跡。

假黑料被爆出後，A身敗名裂，不僅退出參選，隔年更因重度憂鬱而自殺身亡。

16年後，市長競選再度展開，B的兒子C作爲候選人時，收到死亡威脅，同時當年參與過假黑料事件的相關人士也一一死亡，直到束光警探出面調查，才將人犯逮捕，一併揭露了16年前的眞相。

死者們皆是爲愛、爲名、爲利犯下16年前的錯，並因此埋下殺機，故而書名爲《慾望殺機》。

※書中案情摘要：

案一死者：刊載假新聞、製造輿論壓力壓垮A的記者。

案二死者：謠傳中被毀屍滅跡的實習生，收賄後隱姓埋名躲在他市。

**案三死者：製造假案發現場來增加黑料可信度的法醫。**

**案四（未遂）謀殺目標：B。（凶手假威脅要殺C，實際上目標是B。）**

**眞凶：A的女兒，目睹父親吞槍自盡，便決心要爲此復仇……**

楊志桓讀著手裡的資料，越看心中越覺得不對勁，又抓著紙張來回翻動，最後露出了匪夷所思的表情。

這資料整理得可真是鞭辟入裡，撰寫者看起來相當熟悉《西城警事：慾望殺機》這本書，在抓重點這方面表現得十分優秀，更可以輕易對照現實中發生的案件。

但是……

這好像不是那位小說作者自己寫的，而是霍啟晨在對方以顧問身份加入辦案前，就整理好的資料吧？

這豈不是說明——

「老楊，你那什麼便祕一樣的表情？」跑去外頭抽了根菸提神的凶案組組員，一進門就看到自家組長抓著手上的文件擠眉弄眼，彷彿看到了什麼難以理解的東西，正在反覆確認自己的視力有沒有問題。

「瓶蓋，你……平時看小說嗎？」

「我看個結案報告都能看到睡著，你說我看得了字那麼多的東西嗎？」

「也是哦。」

「我女兒就滿愛看的，買了一大堆，家裡都快沒地方放了。」

「哦？女兒果然跟老爸不一樣，看來是我們這些老男人比較沒……人文素養？是這麼講的嗎？」

楊志桓點點頭，心中算是有些能理解了，像他們這種上了年紀的「粗俗人」沒雅興看什麼小說，但說不定對年輕人來說，這樣的興趣還滿時髦的？

但話說回來，平時上班就得看一堆凶案，下班回家的休閒讀物還是看刑偵小說……到底是有多熱愛警探這一行啊？

暱稱是瓶蓋的男人擺擺手，一臉無奈地道：「我才不知道我女兒都在看啥，反正那肯定不是什麼正經的書。我跟你講，封面都是兩個男人在那邊摟摟抱抱，有時候還不只兩個。

「我上次跟她說，啊妳怎麼一天到晚看這個，而且每本書都很像，有必要一直買差不多的東西嗎？我被她罵慘了！還跟她媽告狀，說我那個……我抨擊她的興趣，我不尊重她！吼，我那天差點睡陽台你知道嘛！」

「哈哈哈哈！」

楊志桓對屬下的悲慘經歷毫無同情之心，笑得前仰後合，讓剛好進門的霍啟晨與路浚衡都是一愣。

在凶案現場笑這麼開心，真的沒問題嗎？

「噢，你們來啦。」

但一見到霍啟晨，楊志桓的情緒就立刻盪了下來，不鹹不淡地指著封鎖線後的房間道：「自己進去看吧，我們就不湊熱鬧了。」

霍啟晨點點頭，正要鑽過封鎖線，耳邊就聽到身後傳來路浚衡的嗓音，笑道：「啊，楊組長和這位警官也一起來吧！現場是你們先進行初步處理的，你們肯定知道詳細案情，有兩位前輩幫忙指引，我們可以比較快進入狀況嘛，拜託了！」

這話讓走在前面的霍啟晨腳步一頓，竟是和楊志桓不約而同地看向路浚衡，表情都相當古怪。

路浚衡卻像是沒察覺氣氛有異，熱情地勾著楊志桓的肩膀，一邊領著他向前走、一邊說道：「楊組長，您查了這麼多年的案子，應該也見過不少類型的罪犯了，您覺得這個凶手是怎樣的人？」

「表演慾過剩的神經病吧？」楊志桓倒也沒掙脫路浚衡，還真的耐下性子回應道：「這種人在現實生活裡，八成極度缺乏關注，所以就想做點變態的事情引人注意。」

跟在隊伍最後端的瓶蓋冷哼一聲，語氣中有著毫不掩飾的嘲諷之意，尖刻地說道：「老楊，我勸你還是別在我們的『王牌』面前裝懂了，等等出醜了怎麼辦？而且搞不好還要被人懷疑，我們這是想搶他功勞咧。」

霍啟晨聞言一皺眉，本想說點什麼反駁，但想到以往面對這種情境，他通常說得越多，對方就越變本加厲地攻擊他，還不如閉嘴裝作沒聽見，省得他跟這種純粹想找碴的人浪費唇舌。

沒想到路浚衡再一次插入對談，笑笑說道：「什麼出醜？沒這種事。像前輩們這麼資深的人，一言一行都有值得後輩學習的地方啊！而且大家都這麼辛苦在查案，功勞與成就當然是所有人共享了，哪有什麼搶不搶的問題？硬要說的話，也是率先處置好現場的你們功勞更大啊！」

說到此處，路浚衡還輕拍了霍啟晨肩膀幾下，朝他擠了擠眼，說道：「啟晨也是這麼想的，是吧？」

「嗯……是這麼說沒錯。」

霍啟晨有些猶豫地點點頭，倒也不是在心中否認路浚衡的說詞，或是對於他擅自替自己說話感到不悅，只是單純不明白對方為什麼要這麼做。

對這些人解釋這麼多做什麼？他們又不在乎。

但令霍啟晨意外的是，平時八成會多嘲諷個兩句的瓶蓋居然不說話了，表情變得有些侷促，而一旁的楊志桓居然在偷笑，幾個人之間的氣氛頓時變得更加詭異。

好在案發現場就在前面，可以讓他們暫時轉移注意力，沒去深思方才那尷尬的一幕，而是一個個安靜下來，看著這血腥中又帶著一絲荒謬詭譎的場景。

這裡是一間地下酒吧，是屬於比較慢調子的風格，顧客大多是在這裡喝酒聊天、偶爾聽一聽店家邀請的駐站樂團演奏，並沒有勁歌熱舞的節目，更沒有舞池存在，店內的布置就是簡單的中央圓形舞台與圍繞台下的桌椅。

不過，這裡平時也會當作活動場地租借給別人，所以此刻的酒吧內沒有放置餐桌椅，反而是一排排整齊的塑膠折疊椅，以同心圓的方式放射狀排列，看著有點像是什麼演講或研討會的會場配置。

此刻，那具女屍居然還掛在舞台正中央，一如書中所敘述那般，朝著進門的幾人微微行禮，從頸動脈處流淌而出的血液早已乾涸，在她脖子上留下一圈棕紅色的醜陋污漬。

而此時圍繞著舞台的折疊椅上，也同樣疊放著一沓沓報紙，正好就是刊載了第一起命案做頭條的聯邦時報，整齊地放置在座椅上，像是在敬邀入座的人拿起來好好閱讀。

這個充滿故事性的畫面看起來竟有股奇異的美感，美得令人作嘔。

哪怕是幹了二十多年的偵辦工作，楊志桓也很少遇到這樣的凶案現場，所以連他這樣的資深警探，在看到死者的第一時間，也是感到毛骨悚然。

凶案現場通常都是凌亂的、血腥的，多數凶手在奪取人命時，才不會去考慮什麼畫面美感之類東西，那真的只有心理變態的犯人才會做的事。

尤其只要湊近屍體，就能看見更令人戰慄的細節，比如為了將屍體固定在這個奇怪姿勢而繃緊的數十條釣魚線，皆是深深陷入死者的皮肉中，透明的線上甚至沾著血汙與肉末，顯示死者臨死前正在奮力掙扎……

「嘖，最壞的劇情發展出現了。」

路浚衡早沒了一貫的嘻皮笑臉，但又出乎大家意料地平靜，沒在看到屍體時嚇得當場腿軟或嘔吐，只是目露嫌棄地說著有些意味不明的話。

但一旁的霍啟晨卻是聽懂了，也語氣凝重地說道：「他已經不滿足於模仿了。」

「沒錯，而且我感覺這已經不只跟我的小說有關，凶手肯定還有更深的目的想達成，模仿書中劇情來殺人不過是他的一種手段……」

看著兩個當場打起啞謎的年輕人，楊志桓無奈地嘆了口氣，本想默默走掉，卻立刻被路浚衡注意到，後者連忙陪笑道：「抱歉，實在是現場的畫面太……衝擊了，差點忘了正事。楊組長，就麻煩您說明一下整個報案經過吧。」

楊志桓的視線在路浚衡與霍啟晨之間來回掃視，似乎看出點不同的味道，但選擇無視這一切，聳了聳肩說道：「過程也不複雜，就這家酒吧今天有一場包場的私人聚會，老闆早上七點多來檢查店裡的設備是不是都正常，就看到這一幕了，嚇得在外面吐了半小時，是跟他一起來的老闆娘幫忙報案的。

「瓶蓋跟阿狗收到通知過來的時候，看到現場長這樣就知道這不是一般的案子，馬上把照片傳給我看。我想到之前小霍寫的文件好像有提到類似的東西，就去翻了一下，確定應該是相關案件，就找你們過來了，總共也不過就……一個多小時的事？」

楊志桓指了指還被固定著姿勢的屍體，無奈道：「至於這個，也不是我們故意不放她下來，是羅醫師看到照片就下令，她到場前不准任何人動屍體，只好繼續這樣掛著……」

說實話，第一時間到場的鑑識組人員也不敢隨意觸動死者，就怕因此破壞屍體上的重要跡證，羅瑛侑堅持要親自到場處理，他們也樂得交由這位專業人士操刀，以免過程中出了什麼差池，他們還得擔上責任。

霍啟晨在楊志桓說明時，已經戴上手套上前近距離觀察，路浚衡沒選擇上去湊熱鬧，繼續問楊志桓道：「查到死者身分了嗎？」

楊志桓朝身旁的瓶蓋招招手，接過對方遞來的平板電腦，一邊叫出檔案一邊說道：「已經查到了，李欣娫，二十一歲，范西大學傳媒系的學生……她會出現在這裡，不是偶然。」

「哦？怎麼說？她跟店家有關係嗎？」

「她在名單上。」

搶先回話的不是楊志桓，竟是正在觀察屍體的霍啟晨，就見他頭也不回地續道：「她的名字在發布會的邀請名單上，她是有拿到簽名資格，當天可以拿入場券換識別證進場的粉絲。」

這回答讓現場的人都愣住了，路浚衡第一個反應過來，忍不住問道：「你該不會把那份名單全背起來了吧？我記得那天發給粉絲的入場資格，有三百個欸……」

「沒有特地背，只是看過所以有點印象罷了。」霍啟晨回答得挺淡定，因為對他來說，警探的工作本來就對人名、長相特別敏感，更何況還是昨天看過的資料，印象還很鮮明，楊志桓一說那名字，他立刻就能聯想到，根本沒什麼好大驚小怪的。

「嗤，愛現……」瓶蓋以一種大家都聽得到的音量大聲「嘀咕」，讓霍啟晨終於抬起眼，把注意力放到死者以外的人身上。

可不等他說點什麼，楊志桓已經開口道：「好了，瓶蓋。」

這位楊組長朝組員搖搖頭，隨後就像是忘了方才那段插曲，語氣自然地接續先前的說明道：「你們來的時候已經沒看到了，早一點的時候店鋪外面其實有一群年輕人聚集，還在路邊搭帳篷、鋪地墊什麼的，聽說是凌晨就來這裡『排隊』，想第一時間看到自家偶像。那些人都被阿狗拎回局裡做筆錄了。

「我剛剛也和李欣婭的室友確認過，她們說這小女生大半夜就揹著包袱出宿舍了，說是要跟『同好』一起在會場外面熬夜等偶像。她似乎一直都是個比較狂熱的追星族，所以她的室友們都不奇怪她有這種行為，一夜不見她回來也覺得理所當然，見過她最後一面的，可能就是凌晨跟她一起排隊的那些人了。」

「咦？所以今天包場要在這邊辦聚會的……」

「對啊，就是那個要拍你的電影的……叫啥來著？倪疏？這年頭的藝人名字都取得奇奇怪怪的……反正就那個小夥子。酒吧老闆說他們包了場地，大概是下午三點開始活動的樣子，所以倪疏好像是預定中午過後才要過來，就沒直接看到案發現場。

「不過，我已經通知過他的經紀人這邊發生的事了，他們說晚一點會自己去局裡親自說明辦活動的事情，幫忙釐清死者生前最後行蹤的時間軸。」

說到此處，楊志桓頓了頓，看著霍啟晨道：「你如果對倪疏他們有另外的安排，就自己去喬吧，這案子是你的，我不會插手。」

那話說得不像是在推託責任，反而更像在劃清界線好自證清白，一副擔心霍啟晨會誤會他們想爭功的模樣，趕緊舉高雙手，表示自己碰都沒碰偵辦主導權，這位王牌可別誤會他們對案子別有心思。

霍啟晨嘆了一口氣，實在不曉得該怎麼回覆，組長這種退避三舍的態度讓他心裡很不是滋味，總感覺自己是什麼惹人厭的髒東西，大家只想離得越遠越好。

「楊哥，我可以這麼喊你吧？嗯，楊哥，你的安排完全沒問題，我們本來也是要找倪疏來說明情況的，只是他家經紀人之前才搞了一齣鬧劇，對啟晨很有情緒，態度上不是很配合。

「正好這次是你去通知的，搞不好由你來協助偵訊，倪疏他們的反抗意識會低一點，事情也能進行得比較順利。當然，我是門外漢，我就是提一點看法，如果你們覺得這樣行不通，還有更好的方式，也可以說出來大家一起討論討論。」

路浚衡說得一臉誠懇，楊志桓卻是沒第一時間搭理他，而是看向霍啟晨，顯然更在乎他的想法為何。

霍啟晨頓時有些無措，因為他看不懂組長這探詢的眼神，到底是想要他回答什麼？

但他卻是看懂了路浚衡雙眸中的鼓勵之意，只能不太肯定地開口道：「石承榆一直認定我對倪疏的安危問題不夠重視，之前不停找理由拖延筆錄，大概也是為了表達他們的不滿。現在又發生了第二起模仿案，事發地點還是他們準備舉行活動的場地，他們八成會把錯怪在我身上，不曉得會不會又鬧出什麼事情來。

「路……路老師剛剛說得有道理，由組長這邊接觸他們的話，配合度可能會高一點。我會把整體情況跟局長說明一遍，請他下正式的指令讓組長也加入這次偵辦，這樣就沒有插不插手的問題……如果你很介意這個的話？」

霍啟晨說著說著便皺起眉宇，年輕但冷峻的臉龐刻著肅穆的線條，在大家以為他是不是開始不耐煩時，他竟是看向路浚衡，眼神裡有著藏不住的求助意味。

我不知道我在說什麼，你知道嗎？他臉上似乎寫著這行字。

路浚衡差點笑出來，連忙掩著嘴輕咳幾聲，忍著笑意說道：「楊哥怎麼會介意這個？而且大家都是凶案組的人，沒必要分得這麼清楚，我幫你、你幫我，這不是很自然的事嗎？要是楊哥遇上什麼棘手的案子，你肯定也會幫忙的，不是嗎？」

對於路浚衡說的最後一點，霍啟晨倒是沒有異議，神情肯定地點點頭。這一幕落在楊志桓眼裡，讓他感覺事態發展有些匪夷所思，但似乎又有點……有趣？他驀地伸手用力拍了拍路浚衡的肩，給了後者一個意味深長的眼神，隨即又道：「不用特地跟王局長報備了，他肯定巴不得我們合力辦案，早點結案才是他要的成果。倪疏那邊我來盯，你們就專心追死者身上的線索，大家分頭行動會更有效率。」

「好的。」見楊志桓或居然這麼好聲好氣地說會配合他，霍啟晨鬆了一口氣，但忽地想到一件事，忍不住開口追問道：「組長看了我寫的報告？」

霍啟晨就記得那時候沒人拿走他整理了一晚上的文件，全都扔在會議室裡，倒是他另外呈報給楊志桓的那份沒被退還，但他很理所當然地認定對方八成是拿去當墊便當的廢紙，因為凶案組裡沒人在乎他到底在辦什麼案子。

沒想到楊志桓在看到案發現場的照片時，就能馬上聯想到是相關案件，表示他不只記著那份文件的存在，更是有好好看過內容。

楊志桓聞言沒好氣地應道：「你以為我願意啊？我是組長，組員交上來的東西我都得看……話說回來，你到底是多認真在看這傢伙寫的書，居然還能寫個摘要報告出來？你是他書迷嗎？」

此話一出，霍啟晨先是震驚，接著臉色瞬間刷紅，頓時又從那個氣質尖銳冷冽的王牌警探化身內向木訥的小迷弟，緊張得半句話都說不出來。

路浚衡終於憋不住聲地笑出來，楊志桓也是一副似笑非笑的表情，轉身拎著還在狀況外的瓶蓋往外走，把案發現場留給真正的主事者們處理，準備回警局應付那對難搞的演員和經紀人了。

等人離開，霍啟晨隨即懊惱地瞪著還在竊笑的路浚衡，後者連忙收斂笑意，故作嚴肅地道：「你從屍體上看出什麼了？」

霍啟晨果然立刻被轉移注意力，開始認真描述道：「我一樣有在死者後頸處看到針孔，但從血跡噴射的情況、以及釣魚線上這些掙扎痕跡來看，凶手割斷她頸動脈的那一刻，她是清醒的，或至少還有神智以及最低程度的行動力。」

隨著霍啟晨所言，路浚衡看著潑灑在舞台上的血漬，血色噴點凌亂飛濺，可以想像在刀子劃開被害人的脖子時，動脈中的血液乘著心臟鼓動的力量狂湧而出，又因掙扎而潑灑得到處都是……

這也是為什麼他一進門看到這場面，就對霍啟晨說這是最糟糕的發展，因為他們都能從屍體的狀態感受到，凶手不僅變得更大膽、手法更熟練，甚至隱隱享受起虐殺一條生命的快感。

假如他依然像第一起案件的狀態，重點是追求畫面呈現上的精準度，那他讓死者從頭到尾都是昏迷狀態，反而會更好施行。

但這次不同，他讓死者死得相當痛苦，臨死前或許正拚命對他哭喊求饒，在極大的恐懼中失血而亡。

當殺人本身已經從他的「執行手段」變成了「最終目的」，那他要的還僅僅是模仿嗎？抑或是奪走一條性命所帶來的殺戮快感？

「剩下的就先別碰了，交給羅姊去判斷吧，我們先去看看周邊環境？」路浚衡如此提議，但霍啟晨卻沒有立刻回應，而是直勾勾地望著他，明顯欲言又止。

路浚衡立刻意會過來，語帶歉意地說道：「抱歉，剛剛有些自作主張，替你說了很多話……我之後不會這樣了，你別生氣。」

霍啟晨搖搖頭，輕聲說道：「我沒有生氣，反而很感激你幫我說話。我只是不太明白你怎麼做到的？就是……嗯，總之，我一直很難對他們表達清楚我的想法，老是有種雞同鴨講的感覺，但你一說話，他們就聽進去了，為什麼？」

平日裡，楊志桓對他的態度都是冷淡或敷衍，碰上今天這種關於偵查主導權歸屬的問題時，對他更是避之唯恐不及，不管他說什麼，對方都只會捂起耳朵，表示自己不想聽也不想管，他愛幹麼就幹麼。

其實這還算是稍微好一點的情況，凶案組裡其他組員可沒他們家組長這種「好脾氣」，對上霍啟晨總是充滿敵意，更時常像是在欺負他嘴笨，各種酸言酸語輪番上陣，讓這位副組長最後都會選擇閉上嘴，任由他們冷嘲熱諷，直到那群人感覺自討沒趣了就會停下。

但這一回，楊志桓不但沒什麼牴觸地同意了合作，更是罕見地制止屬下繼續出言挑釁，態度比以往友善了數倍不止，簡直像是換了個人。

路浚衡聞言便笑笑地指著門口道：「換個地方談吧？不管怎麼說，在屍體旁邊聊天的感覺也太詭異了。」

霍啟晨先是一愣，隨後備感慚愧，意識到自己又做了不合時宜的舉動，就因為急著獲得某些答案，便不分場合地追問，難怪讓人老是反感與他交流。

「走吧，順便出去透透氣。」

路浚衡還是笑迷迷的樣子，霍啟晨忽地感到一絲微妙，因為在昨晚之前，這是對方最容易激怒他的模樣，但在此刻卻已經不會浮現任何反感，反而在看到這樣的笑容時，便有鬆了一口氣的感覺。

是什麼改變了？因為路浚衡親口承認，霍啟晨是幫他恩師瞑目的正義警探、是他的謬思、更是他記掛多年的特殊讀者……

因為有了這些身分，所以對方的笑容也變得別有深意了嗎？

霍啟晨搖搖頭，很清楚是自己自作多情了，因為路浚衡眼裡的他並不真實。

至少，他和東光警探差遠了，路浚衡看到的只是一個他幻想出來的完美主角，不是現實裡這個除了工作以外都無所適從的自閉者。

或許是發覺……他對我始終很有耐性吧？霍啟晨這麼告訴自己。

之前是被那些偏差的想法影響，他才忽視了這個微笑背後蘊含的心意，無論此刻的路浚衡眼裡究竟將他錯認為誰，他也無法再繼續討厭這樣充滿耐心與善意的笑容。

「呼，居然連范西這種充滿汽車廢氣的空氣都清新起來了！」路浚衡走出通往地下室的階梯時，動作浮誇地伸了個懶腰，引起周圍路人的側目。

沒辦法，在案發現場封鎖線前做出了高舉雙手的姿勢，還一臉享受地曬著勉強從高樓大廈間投射進來的陽光，畫面違和得都不知該從何說起。

此時將近九點，正是大部分上班族通勤時間，部分店家也在準備開店，馬路上人來人往，各種聲響此起彼伏，但剛剛在地下室的酒吧裡，卻幾乎聽不到這些聲音，顯然店鋪對內與外的隔音效果都不錯。

注意到這點，霍啟晨不免又想到了被害人，想到她臨死前不管呼救得多大聲，外面可能聽不到一絲動靜，那場面該有多絕望？

他不是第一天上崗的小菜鳥，也曉得必須和這些過於感性的想法保持距離，才能更客觀與專業地處理案件，只是這回的案子總讓他不由自主地聯想到小說劇情，心情便很難淡定下來。

這是他最喜歡的故事啊，卻被這名變態的殺人犯給毀了。

霍啟晨回過神才發現路浚衡不知道什麼時候消失了，隨即有些緊張地四處張望一番，很快就在街角處的推車小販前看見熟悉的身影，正與準備餐點的老闆有說有笑，似乎永遠都那麼精力旺盛。

「啊，久等了！伯伯要收攤了所以沒剩什麼可以選的，就只有蛋餅跟紅茶，將就著吃吧。」

路浚衡拿著餐盒與飲料杯朝霍啟晨走來，兩人並肩走向停車的地方，但沒選擇在車內用餐，而是靠坐在後車廂上，配著逐漸喧囂起來的城市晨景靜靜地吃起早餐，感覺有些克難卻又別有一番情調。

然後霍啟晨才想到，自己早就熟悉各種凶案現場，看到再怎麼血腥的畫面，也不再會產生什麼噁心反胃的反應，但怎麼連路浚衡也表現得這麼稀鬆平常，還能拉著他一起享用熱騰騰的餐點？

昨晚聽了許多關於路浚衡與恩師的故事、細數兩人之間出乎預料的因緣與經歷，霍啟晨不相信一個能對種種過往滿懷感念的人，會有一顆鐵石心腸，面對如此凶殘可怖的景象都能無動於衷。

他是不是經歷過什麼事情，才會有這樣的表現？

我果然一點也不瞭解他。霍啟晨在心中暗忖，一邊進食一邊悄悄用眼角餘光看向身旁的人，結果隨即對上一雙神采奕奕的眼眸，讓他下意識地往旁一縮，拉開兩人的距離。

路浚衡察覺對方的小動作，有些無奈地說道：「抱歉，我昨晚真的是……你肯定被我嚇壞了吧？我保證以後絕對不會再做那種蠢事了，真的！」

想起昨晚在書房裡發生的那一幕，霍啟晨頓時又羞又窘，生硬地轉開話題道：「我剛剛的問題，你還沒說你願不願意回答……」

路浚衡已經習慣了霍啟晨這種僵硬又尷尬的聊天方式，從善如流地應道：「當然願意啊！只是我得先說，我的觀察和判斷也不一定準確，畢竟我對你們凶案組的瞭解，就是平時跟老王閒聊時聽來的，我今天還是第一次跟楊組長面對面交流呢。」

但你已經能很好地應付他們了。霍啟晨默默想著，也沒打斷路浚衡，就是認真地望著他，非常期待能從他嘴裡聽見自己苦思多年也找不到的解答。

這般真摯又單純的澄澈眼神，在路浚衡眼裡真是可愛得犯規，但為了挽回自己的形象、擺脫變態的污名，他只能強忍著逗弄對方的衝動，故作正經地道：「我想，楊組長不是討厭你，他是忌憚你才對。」

「忌憚……他是怕我升上組長，取代他的位置？」霍啟晨努力思考，也只能猜到這個可能性。

他知道背後常有人碎嘴他升職太快的事，更有人說楊志桓要不是資歷夠老、下屬忠誠，組長的位置早就被霍啟晨這個新秀頂替掉了。

「就結果上來說是這樣，但理由不是你想的，他不是因為捨不得那位置上的權力，才怕你上位。事實上，我感覺楊組長並不是個勢利眼的人，對名利的追求慾應該也不大，他待在那個位置上，更多的是為了他的『兄弟們』。」

路浚衡頓了頓，忽地問道：「你有沒有發現，凶案組裡除了你之外，楊組長是不喊名字的？每個組員幾乎都有自己的綽號，而他們平時也不會喊他組長，都是叫他『老楊』。」

霍啟晨點點頭，語帶困惑地道：「確實是這樣，但這代表什麼？」

「很簡單啊，代表楊組長不是把他們當下屬，而是當兄弟。」

路浚衡知道霍啟晨從許老師的案子之後，最常做的便是幫分局長跟內部調查部門的人揪局裡的老鼠屎，這位楊組長算是少數雙手還「乾淨」的人，又願意配合上司整頓風氣，所以才能被留下來。

那時期的警局與黑幫沒兩樣，許多警探都有自己的派系勢力，利益勾結錯綜複雜，為了撈好處而貪贓枉法的事情多得數不清，楊志桓的「乾淨」其實也是相對而言。

因為凶案組能撈的油水確實比不上竊案或是打黑緝毒等等，頗有一種不是他不想貪，而是他沒得貪的無奈感。

但至少他願意認清現實，知道時代已經變了，再不配合著做出改變，等著他的就會是被這新環境徹底淘汰的下場。

可即使許多舊時代的毒瘤已經被清理掉，這種拉幫結黨的習性是不可能徹底根除的，分局裡永遠都會有一個個小團體盤據，形成微妙的平衡關係。

路浚衡明白這些眉眉角角對霍啟晨而言真的不好理解，耐著性子繼續解釋道：「這種和部下稱兄道弟的習慣，表示他終究和你不是一路人，那些他一手提攜上來的『兄弟』也不是。他知道你如果真的取代他成為組長，他的兄弟們肯定痛不欲生。

「所以他是真的怕你，怕你做得太好了，好到老王找不到藉口繼續卡你的晉升之路，而你一上位就會把凶案組清洗得乾乾淨淨，不給他兄弟們留一點活路。」

霍啟晨聽得目瞪口呆，沒想過自己一個人就能對整個凶案組造成這麼大的影響。

「有這麼誇張嗎？而且……而且，我也沒有非得要所有同事都遵守我的做事準則。要真是這樣，平時他們總是不聽我指揮、消極怠工，我早就請局長重新審核這些人的考績，把混水摸魚的人換掉……」

「你看，你是有能力『清洗』他們的。哪怕你只是想想而已，並沒有動手的打算，但只要你有能力，他們就會怕、楊組長就會怕。」

路俊恆嘆了口氣，語帶埋怨地道：「其實真要怪，就得怪老王那隻老狐狸，是他故意促成現在這種情勢的。你都當到副組長了，多少也算個管理職，他一個分局長為什麼不教你怎麼管屬下？因為他就是不想要你學會啊！你要是跟他們統一陣線了，老王拿什麼當藉口去收拾不聽他話的人？」

「原、原來是這樣嗎？我沒想過局長的安排會有這樣的深意……」

霍啟晨聽得腦子有點暈，路浚衡看出他的窘迫，隨即話鋒一轉，笑道：「其實這些都

不是重點，你只是想知道怎麼和楊組長他們好好相處，或至少在工作上別老是當你的絆腳石對吧？那我有兩個簡單的方法推薦給你。」

「嗯，你說。」霍啟晨連忙放下餐盒，從夾克口袋裡掏出紙筆，一臉肅穆地等著路浚衡公布最重要的解答，那副樣子只讓路浚衡暗恨自己不能拿出手機，把耿直得可愛的霍警官拍起來好好珍藏。

少說也能當個手機桌布！

抱著強烈的遺憾，路浚衡只能含笑吞淚，詳細地解說道：「第一種方法嘛，就是你以後如果有什麼需要他協助的事情，私下去拜託他就好啦。從剛剛的事也看得出來，他還是把你當成自己的組員，也沒有不把你的工作當一回事，在事情的輕重緩急上，他是明理的。

「只是，他也不會主動幫你太多，至少明面上不會，因為他得把你跟兄弟們做一個明顯的區隔，才不會讓其他組員認為一旦他開始接納你，也會一併接納你的處事態度，然後組裡再也沒有一個『大哥』會罩著他們，搞得人心惶惶。我相信，你要是排除其他組員，私下和他好好溝通，他肯定不會對你那麼冷漠。

「噢對了，像楊組長這種會把屬下當兄弟的人，八成不太喜歡打官腔的傢伙，所以你在外人面前喊他『組長』沒差，但只有兩人的時候可以喊得親暱一點，會有奇效！不過你學我喊『楊哥』可能不太適合……嗯，你們都是同個體系出身的，喊『學長』應該會更好！」

霍啟晨有些艱困地寫著筆記，因為這話題過於深奧，他一時半刻無法徹底理解，但還是努力提問道：「也就是說，不要當著其他組員的面請組長協助我的工作，或是……說要知會局長，請他下達命令要求其他人配合我？」

「嗯，你反應過來啦？很棒啊！」路浚衡像個耐心十足的老師，鼓勵起學生也毫不吝嗇，「雖然我相信你只是單純覺得，透過老王來發布命令，讓一切看起來正規正式會比較好，但動不動把老王的名頭搬出來，其他人會很不爽，覺得你在仗勢欺人。

「所以，你以後盡量別這麼做，就算要做也別講出來，直接找老王報告就是了，反正都能達成目的，不是嗎？」

霍啟晨低頭想了想，還沒拋出下個疑問，路浚衡竟像是未卜先知，搶先開口道：「你是不是覺得這些行為有點浪費時間？能當面處理好的事，為什麼要多轉個彎，簡直多此一舉？但你如果從結果來看，多轉個彎能讓大家做事都舒服點，少些爭執、多些協作，不是反而能節省時間嗎？」

這一瞬間，霍啟晨頓時感覺思緒豁然開朗，一個在他腦中打了多年的死結、一道他怎樣都搞不清楚該如何跨過的門檻，路浚衡卻是三言兩語就替他疏通了，簡直不可思議。

「我明白了，謝謝你告訴我這些……」霍啟晨總覺得這樣的道謝過於單薄，但又不知道該說些什麼才好，只能趕緊追問道：「那第二個辦法呢？」

路浚衡露出計謀得逞的表情，嘿嘿一笑：「第二種就更簡單啦，那就是——擁有一個像我這樣可靠又貼心的搭檔！」

霍啟晨頓時沒好氣地白了路浚衡一眼，但後者卻是拍著胸膛說道：「我不是在開玩笑啊！你看，就像剛才的情況，有我做為緩衝，你就不會跟其他人產生衝突啦。我想多數時候，你的組員們也不是真的不願意協助你，他們只是不想被你命令。如果有需要他們做的事情，就改由我去『拜託』，肯定會比你直接下指令要來得容易，又不會引起他們反感。

「所以，像我這麼棒的搭檔，一定要多多『使用』，知道嗎？」

「我知道你沒有在開玩笑。」霍啟晨撇撇嘴，小聲嘀咕道：「只是這樣顯得你好像、嗯……別有所圖……」

「這又沒什麼好否認的，我就是想繼續和你做搭檔，所以當然要努力表現自己的價值，讓你捨不得趕我走呀！」

看著路浚衡充滿討好之意的神情，霍啟晨頓時感到又好氣又好笑，不曉得該不該抨擊他這種自賣自誇，還在教學中參雜「私慾」的行為。

「你這樣是不務正業。」霍啟晨很想叫這位大作者回家乖乖寫稿，但心中卻又有股念想在蠢蠢欲動，希望路浚衡能再多陪自己一點時間，因為他發現，有個願意耐心和他溝通、聆聽他想法的人在身邊，感覺真的很好……

反正等路浚衡看清他的一切，發現他與束光警探簡直天差地別，就會失望地轉身離去了吧？

「啊，放心吧，寫作和顧問的工作我能兼顧的！」路浚衡信誓旦旦地說著，但下一秒臉上的笑容就僵住了。

「那你限定番外篇寫多少字了，路老師？」

霍啟晨也是看到這場倪疏舉辦的粉絲聚會才想起來，之前的確有看到出版社公告，說是為了彌補這次簽書會的疏失，當天有簽書資格的讀者會收到作者的親簽明信片，上面還有手寫的作品內文摘錄，確保每一張明信片都是獨一無二的，極具收藏價值。

另外，路浚衡自己還說，他會加碼寫一篇番外，限定給這些有簽書資格的讀者領取，未來也不會公開在任何平台上，頗有這是他和這群書迷之間的「小祕密」之感。

「啊、這個、欸……」路浚衡腦門上的冷汗都流下來了，被謬思當面催稿的刺激感，誰試誰知道，「我下了班就寫！已經有想法了，寫起來很快！」

「好吧，晚上回家，我會親自盯著你寫稿的。」霍啟晨隨手拿過兩人吃空的餐盒扔進路邊的垃圾桶後，便拉開車門坐進駕駛座，準備回警局展開今天的偵查工作。

路浚衡愣了一下才反應過來自己都聽到了什麼，興奮得差點在大馬路上跳舞，握著拳擋在嘴巴前發出無聲的歡呼，又自得其樂地跳了幾下，才跟著拉開車門坐進副駕駛座。

在後照鏡裡看到一切的霍啟晨抿了抿唇，眉眼間有著淡淡的笑意，依稀想起第一次在簽書會上見到的那名年輕男子，在看見他拿著書走上前時，也是笑得如此開懷，彷彿正在經歷這輩子最開心的事。

「等寫好了，第一個就給你看。」

「……嗯，我很期待。」

「……就跟之前講的一樣，李欣婭收到粉絲聚會的邀請後，就計畫好今天凌晨和幾個一起追星的網友碰面，先在活動場地卡位排隊。我問過他們幹麼那麼早來，明明都已經有入場資格了，應該不需要排隊啊。結果他們說，在什麼論壇的地方看到小道消息，說進場前五十個名額會有『特殊福利』，所以才會大半夜不睡覺跑去路邊排隊。

「但我剛剛和倪疏還有他經紀人確認過，這所謂的『特殊福利』根本不存在，他們也從沒許諾過任何形式的特別獎賞，更不曉得這個訊息是從誰傳出去的，看起來相當可疑，很可能就是凶手為了方便引誘死者出現而幹的好事。」

「石承榆知道特殊福利這件事是假消息，卻沒有出來闢謠？」

「沒，他覺得這是炒熱度的好機會，粉絲越狂熱越好。酒吧老闆本來想把這些人趕走的，還被他阻止了，表示這樣才有新聞可以寫，說他家藝人魅力無邊，粉絲漏夜排隊只為了見他一面。」

「……嘖。」霍啟晨露出一副想把這個經紀人也關一晚拘留室的表情，額際的青筋都浮了出來，做了幾次深呼吸才把竄升的怒氣又壓了回去。

在一旁聽著楊志桓簡述筆錄的路浚衡，不停用指尖輕點著唇瓣，那副若有所思的樣子讓霍啟晨忍不住小聲問道：「你想到什麼了？」

路浚衡停下動作，又思索幾秒才提問道：「倪疏這個粉絲聚會，昨天上午才公告的對吧？但凶手馬上就能趁這活動，找到一個合適的被害人，以及施行場所，不覺得……順利得有點誇張嗎？其實第一起案子的時候我就有這種感覺了，很多安排都是只要有一點偏差就可能前功盡棄，可是凶手就是成功了。難道是他運氣超好嗎？」

「這表示他對你們的工作內容與行程都瞭如指掌，說不定就是身邊親近的人。」楊志桓倒是沒因此大驚小怪，用過來人的語氣說道：「但不管是不是親近的人，重點其實是他的『手法』。」

「手法？什麼意思？」

搶先回話的不是楊志桓，而是霍啟晨，「你和倪疏這些活動行程，雖然都是公開的，詳細的資訊也不算難挖，可是透過匿名管道不停釋放消息左右受害人行動，這樣的手法太熟練了，這才是讓你感覺他做什麼都很順利的主因。」

「他的計畫很繁瑣，需要強大的執行力沒錯，但在計畫中，變數最多的其實是『人』，而他能夠很好地操控人，比他的殺人手法都還熟練，說不定他平時工作就需要做類似的事……擁有這種特質與手段，你身邊有這樣的人嗎？」

一瞬間，有個人選在腦海中冒出，但路浚衡隨即揮著手，直接大聲說道：「不可能！絕對不可能！」

霍啟晨和楊志桓都被他這激動的反應嚇了一跳，但前者透過這幾天的短暫相處，已經對他這種戲劇性的誇張行為有點習慣了，只是淡淡地問道：「你想到誰？怎麼就不可能了？」

路浚衡尷尬地清清嗓子，又像是作賊心虛般四處張望幾下才說道：「我只是突然想到我家那個編輯……對，京哥，他完全有能力做到這些事……但不可能是京哥！他催稿的時候是凶殘了一點，但絕對不可能殺人啊！」

確實如路浚衡所言，他家編輯是個善於管理諸多作者行程、安排出版事務、同時還熟悉如何調動書迷粉絲情緒的專業經紀人，更重要的是，以這個身分去接觸兩位被害人，其實都不太會引起對方警惕。

但路浚衡打死也不信吳京會做出這種事，在他眼裡，這個長年忍受他的任性的男人，真的是個非常敬業的編輯，人品值得信賴，更是事業有成家庭美滿，既沒有動機更沒有那種扭曲破碎的心理，犯下這麼駭人聽聞的凶案。

路浚衡拉了拉霍啟晨的手臂，湊到他耳邊小聲哀求道：「你千萬不能跟京哥說這件事啊，要是他知道我居然把他列為嫌疑人，就算只列了一秒，他也會想出無數種酷刑折磨我的！我還年輕，我不想斷手斷腳過下半輩子嗚嗚嗚……」

「你太誇張了。」霍啟晨無奈地搖搖頭，但隨即又一本正經地道：「我其實早就調查過吳先生了，雖然只是很粗淺地查過一遍而已……反正他第一起案件有不在場證明。」

「你居然早就調查過京哥？」

「我連你都查過，不然怎麼放心讓你跟著辦案？萬一你其實是凶手怎麼辦？」

聞言，路浚衡抬手摀住嘴，語氣浮誇地感嘆道：「好無情的猜測、好有邏輯的推斷……哇，你真的好帥氣哦，霍警官！」

「咳咳！」楊志桓頭都痛起來了，假裝沒看見霍啟晨又燒紅起來的臉頰，努力將話題拉回正軌，追問道：「不在場證明是什麼？可靠嗎？」

結果這回換霍啟晨掩著嘴，紅暈已經從臉頰蔓延至耳朵與後頸，就見他又憋了半晌，才支支吾吾地應道：「我、我在會場親眼看到他的……就是、呃……吳先生在發佈會現場走動頻繁，雖然我也不是全程盯著他，但他看起來恐怕沒有那個空閒執行殺人計畫……這應該算是可靠的證明，而且也不只我一個人看到他在場……」

路浚衡聞言也點點頭，附和道：「確實是這樣，京哥那天忙得要死，肯定沒時間殺人還布置現場！倪疏那個經紀人實在有夠菜，很多事情沒安排好，結果現場大大小小狀況都通報到京哥這邊來，搞得他一直跑來跑去到處救火，別說殺人了，他連喝口水的空檔都沒有！我跟你講，他那天火氣大到動不動就罵我出氣，超凶的……」

楊志桓聽著兩人的對話，又花了好幾秒腦子才終於轉過彎來，想通霍啟晨為什麼會成為吳京沒有犯案的證人之一。

你這個臭小子果然是他書迷啊，還是會跑去參加簽名會的那種狂熱迷弟！

得知了不是很重要但又很有趣的霍警官小秘辛，楊志桓真是哭笑不得，看著眼前這兩名年輕人的眼神頓時就微妙了起來。

他不久前才聽王秉華跟他八卦過，路浚衡因為當年的案子而對霍啟晨非常崇拜，甚至偷偷把對方當素材寫進自己的故事裡，所以這兩人其實互相……

唉，果然是年紀大了，看不懂年輕人在玩什麼，反正就很新鮮。

「咳，總之，你和倪疏身邊比較親近的人，確實有必要再重新徹查一遍。這部分你不

適合參與，我自己一個人負責就好。」霍啟晨強行轉移話題，又習慣性地將工作全攬到自己身上，於是某位搭檔第一個不同意這樣的分配。

「你怎麼又想通通自己一個人來了？而且我們回來的路上不是才在說，要先去調查，兩個死者之間有沒有共通點可以用來推測凶手身分，或是尋找潛在的第三號被害人嗎？你哪有空處理這麼多事？」

路浚衡總覺得，比起幫霍啟晨想辦法融入同事的圈子，先幫他注意工作量、避免他過勞死更重要！

成為年度好搭檔的道路，任重道遠。

霍啟晨剛想說，自己就沒手下使喚，當然得凡事自己來，楊志桓就搶先一步說道：「倪疏這邊的人，我來篩吧。我看那個經紀人心眼挺多的，小霍你應付不來的，我來應付他，處理速度會更快。」

楊志桓這番話說得有憑有據，但霍啟晨卻不買帳，直截了當地問道：「為什麼突然這麼主動說要幫忙？」

但他話一出口就後悔了，因為楊志桓的表情正肉眼可見地變糟，讓他隨即懊惱自己為什麼又犯起這種窮追不捨的臭毛病。

對方主動幫忙還不好嗎？問這麼多做什麼？

但這一次，楊志桓沒有不耐煩地把他轟出去，而是深吸一口氣後，攤著手無奈地解釋道：「因為那個石承榆先前那麼不配合的態度，可能、應該……嗯，算是我的錯。」

說出這話後，楊志桓像是放下了擔子，語氣變得坦然許多，續道：「那傢伙先前來打聽過到底是誰負責這案子，問到凶案組這邊後就……嗯，反正那群蠢蛋的說詞讓那傢伙對你有點誤會，覺得你年紀輕可能沒什麼經驗，同事們對你又意見很多，看起來背後也沒人挺，大概很好欺負，就想在你面前耍大牌吧？我也不太懂這心態是怎麼回事。

「反正，他現在知道你不是背後沒人，而是分局長，他就不敢囂張了，但又改成害怕你報復他，今天一直跟我打探這個、打探那個，不曉得又在動什麼蠢腦筋，心眼多得不行。如果要查倪疏身邊親近的人，就繞不開這傢伙，得跟他頻繁聯繫……像他這樣的人，你確定要自己接手？」

楊志桓當然不是懷疑霍啟晨有沒有能力應付石承榆，而是當了他這麼多年的組長，不可能不清楚他的性格，知道他最反感跟這類型的人打交道。

果然，一聽完解釋，霍啟晨便點點頭，贊同道：「如果是這種情況，我自己來處理，的確會更費時，那這部分就交給組……」霍啟晨忽地想起稍早前路浚衡對他說的話，隨即改口道：「這部分就拜託學長了，謝謝。」

「嗯……嗯？」

那臭小子剛剛喊我啥？楊志桓後知後覺地抬頭，但霍啟晨早就瀟灑地邁出他的隔間了，只剩腳步稍慢的路浚衡還沒走遠，察覺他的視線便回過頭，對他故作無辜地眨眨眼。

「也不知道是好事還壞事……」楊志桓喃喃自語，隨後才站起身，透過半身高的屏風對眼前的下屬吼道：「哪個吃飽沒事幹的，過來幫忙！你！順子，你過來！我他媽早看到你閒得在打牌了，給老子滾過來！」

儘管凶案組組員的辦公桌都放在同個區域，但相較楊志桓那裡熱熱鬧鬧的氛圍，霍啟晨的位子就像座孤島，安靜且突兀，好像一走進他的專屬隔間，便與世隔絕。

路浚衡跟進來時，就見已經坐在位子上的霍啟晨面容有點冷，眼神看起來懨懨的，像是沒睡飽所以有點煩躁，不禁開口問他道：「怎麼了嗎？」

霍啟晨沒有馬上回應，緊抿的唇角微微顫抖著，欲言又止，路浚衡見狀便柔聲道：「不想說的話也不用逼自己回答，只是，有些情緒不宣洩出來，它也不會自己消失，你總得想個方式傾倒它們。」

「其實只是件微不足道的事……」

「很多東西都是積少成多，情緒和想法也一樣。微不足道的事情一旦堆積起來，也可能變成大問題的吧？」

霍啟晨妥協地嘆了口氣，自嘲道：「只是聽到組長說我背後是分局長的時候……呵，難道我背後不該是凶案組、或是第一分局嗎？」

或許是先前被路浚衡那番分析點醒，此刻的霍啟晨對自己的處境有了更深刻的感受。

他是這裡的一份子，但他又不屬於這裡。

他相信從這分局走出去的警探，都能自信滿滿地說，他身後有一眾弟兄會挺他，他背後站著的不是一個人，而是警察這個大群體。

而他身後呢？一個提攜他的同時也把他當刀使的分局長，沒了？

這不是在說他不感激王秉華的照顧，因為撇除利用他肅清分局貪腐的風氣，這位分局長幾乎不干涉他的工作，給予他極大的自由與信任，讓他可以大展身手，這不是每位上司都能做到的事。

他只是從楊志桓那隨口一句話裡，聽到了自己孤獨的命運。

他從不後悔走上這條路，但可以的話，能不能有個人陪他一起走？

「就說了，微不足道的小事……」霍啟晨不耐煩地抹抹臉，吐露心聲的感覺並不好，甚至讓他又多了一絲罪惡感。

已經有那麼多事情要處理了，他怎麼還有空在這裡多愁善感？

晚一分鐘抓到那名凶手，就多一分出現新受害者的可能。

「不會永遠都這樣的。」

路浚衡平淡卻肯定的話語將霍啟晨的思緒拉回，就聽他說道：「或許將來你的同事們都會願意接納你成為他們的一份子，也可能你乾脆就換個職場，和這些人不再有瓜葛。未來充滿變數，你不需要感到這麼……喪氣？嗯，不用喪氣，這種情形是有機會改變的，除非你心裡其實想維持現狀，大家最好都跟你保持一個『安全距離』之類的？那就另當別論了。」

路浚衡最後一句補充其實多餘了，單看霍啟晨能馬上改口喊楊志桓「學長」就知道，他非常想改變現狀，只是不曉得該用什麼方式去改而已。

我這是被安慰了嗎？霍啟晨忽地反應不過來，因為這種情況他真的太少遇見，反而充滿了不真實感。

在他愣神之際，路浚衡還在說著，逕自續道：「另外，這不是什麼微不足道的小事，而是困擾你很久的問題。但你如果一直覺得它不值一提，它反而會越來越沉重，直到某天壓得你喘不過氣，你才在後悔為什麼沒有趁早把這個『小事』處理掉。」

路浚衡側過身靠坐在桌沿，大概是想通了上次霍啟晨為什麼會撞得頭上都腫起一個包，刻意保持兩人之間的距離，免得又因為湊太近而嚇到對方，笑著說道：「我知道這些道理你肯定都懂，只是一時沒想起來，我就是提醒你一下而已，可不是在說教哦。」

驀地，霍啟晨抬眼望向路浚衡，像是在認真 打量什麼，眼神十分專注，看得路浚衡都緊張起來，感覺自己忽然變成了坐在偵訊室裡的嫌疑犯，眼前這位警探正想著要用什麼方式突破他的防備，讓他招供一切罪刑。

但霍啟晨此刻想的，不是路浚衡藏匿了什麼罪，他只是在思考一個問題——

這男人說會改，然後他就改了。但人真的可能在一夜之間就改變性格嗎？

眼前的人還是同一個，可是霍啟晨能明顯感覺到，路浚衡雖然還是那樣熱情洋溢，但他真的把原先那種不適切的張狂、輕浮和玩世不恭都收斂起來，開始認認真真看待每一件事、每一個問題，彷彿他身上有個開關，能輕易將自己身上的「屬性」關閉，只留下合適的項目就好。

他終於不像是個出門郊遊、還不服從帶隊老師指令的失控小孩了。

路浚衡這宛如獲得神啟、一覺醒來就改過自新的轉變，簡直令人匪夷所思，讓霍啟晨不禁思索，對方是真的「改變了」，還是他原本就是這樣的人，先前那個討人厭的形象，其實是一種「扮演」？

那他為什麼如此扮演？又為什麼願意為自己撤除偽裝？

「搞不懂啊……」霍啟晨咕噥著別開視線，這回就不打算向路浚衡坦白想法了，又恢復公事公辦的狀態，一臉嚴肅地道：「雖然排除了吳先生的嫌疑，但就跟倪疏的經紀人一樣，他應該算是最了解你身邊人際關係的人之一，所以我必須找他來當面問話。是由我通知他過來、還是你跟他說，哪個方式比較好？」

平時的他是不會考慮這種問題的，要問話就是把人叫過來，對方不配合他就親自上門逮人，哪有時間考慮人家的情緒與觀感？

但被路浚衡指點後，霍啟晨也體會到，有些舉動看似迂腐或矯情，簡直在浪費生命，可如果能減少他解決衝突的時間與精力，那這些舉動就非常有用。

「如果你很急的話，我也是可以現在就打給京哥，叫他馬上過來啦……」路浚衡說著就掏出手機要撥打，霍啟晨驚得連忙抓住他的手腕，阻止他繼續動作。

「我沒有那麼著急，而且他整理名單，總是需要一點時間的吧？馬上過來也太強人所難了。」

路浚衡朝霍啟晨豎起拇指，自信滿滿地道：「相信我，京哥是史上最棒的經紀人，你就是要他一個小時內帶著名單趕來警局，他也使命必達！只不過他會非常火大，然後回去就用非常殘忍的手段逼我寫稿，例如把我關進黑黑小小的屋子裡，沒寫到指定字數就不能出來……嗚啊！想想就好可怕！」

霍啟晨看著自己演起小劇場的路浚衡，實在搞不懂這男人怎麼能如此順暢地在三十歲與十三歲之間來回切換，更搞不懂自己居然還越來越習慣他的行為了？

「你就請吳先生明天一早過來吧，我們到時候再一起討論誰的嫌疑比較大。」霍啟晨在他那個已經寫好寫滿的日曆上，以驚人的手法找到本該不存在的空隙，將約談吳京的事情寫上去備忘後，抓起電話正想問第二起案子的死者送到法醫室了沒，屏風外就傳來清脆的敲擊聲。

一名看著有點邋遢、鬍渣滿面的高瘦男人探頭進霍啟晨的隔間，臉上有著明顯的不耐，但還是強忍著情緒道：「副組長，我剛剛做完那對演員和經紀人的筆錄了，但那個叫倪疏的傢伙非要見你一面不可。別問我他想幹麼，問了他也不說，就一直回我想跟你聊聊……你不想理他的話，我就把他趕走了啊。」

霍啟晨沒立即應話，而是已經有些習慣性地轉頭看向路浚衡，徵詢對方的意見，後者隨即搖頭說道：「我也不曉得倪疏想做什麼。你別看我們訪談的時候好像聊得很熱絡的

樣子，訪談內容都是排演過的，實際上我跟他真的不熟。總之，我只能說他的工作態度滿分，甚至有點積極過頭了，至於性格嘛……嗯，暫時不好評價。」

「好吧，那你請他在會客室等我……只有他要找我嗎？他的經紀人呢？」霍啟晨還沒忘記方才楊志桓的說詞，顯然石承榆依然對他別有所圖，所以說不定是藉著自家藝人的名頭想和他接觸呢？

阿狗聞言便一臉焦躁地道：「我哪有那麼多時間管這個啊？反正人都扔到會客室去了，剩下的你自己處理——」

「他是副組長，是你的上司，為什麼會用這種態度和上司說話？」一旁的路浚衡冷不防地冒出一句，不等兩人反應過來就繼續質問道：「你不要跟我說什麼，我是外人，不要插手自己不懂的事。我就問你，你敢這樣對楊組長說話嗎？你敢這樣對王局長說話嗎？」

路浚衡直勾勾地看著阿狗，在對方故作強硬的神情下冷冷說道：「你以為組長前面掛個『副』，他的職權就比較少了嗎？他如果真的想把你扔去指揮交通，你覺得你家老楊能保住你的機率是多少？當了多少年的警探，工作績效輸一個三十不到的年輕人已經夠可悲了，你究竟有什麼膽子，可以這樣對你的副組長？是不是該送你回警校重唸一下什麼叫做紀律與服從？」

阿狗被路浚衡訓得臉色漲紅，身為當事人之一的霍啟晨反而一副事不關己的樣子，從頭到尾就這麼靜靜看著這一幕發生，沒有因為路浚衡替自己說話就揚眉吐氣，始終無比淡然。

「對你的副組長放尊重點，否則我不介意找老王聊聊天，問他是不是又該清掃一下部門裡的老鼠屎了。」

此刻，寂靜有如某種感染源，從霍啟晨的位置擴散出去，鄰近的座位一個接著一個安靜下來，還有一股令人不適的尷尬也在蔓延，所有人都不願意當那個打破僵局的人，只能讓這股氛圍無止盡地延伸下去。

終結這場無聲的人，是霍啟晨。

「請帶倪先生他們到會客室等我，我待會過去見他們。」

「好……」

阿狗灰溜溜地遁走，所有人彷彿也從定格狀態中被解放，又低頭繼續做起自己的事情，只是吵雜的音量比原先小了許多，說起話來都像是在竊竊私語。

「嘖，有些人就是犯賤，不罵不會改。」路浚衡嫌棄地搖著頭，但下一秒卻又笑嘻嘻地道：「畢竟我也是這種人，我太懂了。」

霍啟晨朝他翻了個白眼，卻又忍不住問道：「差別在哪裡？」

這沒頭沒尾的問句，路浚衡竟是聽懂了，耐心解釋道：「因為之前楊組長在場啊，你要是當他的面訓斥那位瓶蓋，一來瓶蓋會覺得有大哥在身邊當靠山，你罵一句他就敢頂兩句；二來是容易讓楊組長誤以為，你這是在拐彎罵他連屬下都教不好，還得你這個副組長代勞。

「但楊組長不在，你當然可以盡情地罵，因為你有資格，而且你罵得有理，他們既不敢反駁，更沒臉找自家大哥打小報告，只會乖乖挨罵。所以啊，有機會你就得挫挫他們的傲氣，讓他們知道自己才沒本錢得罪你，你之前是『選擇』不計較，而不是沒能力計較。」

路浚衡抬手指著分局長辦公室的方向，語氣有些感慨地道：「處事圓滑跟任人拿捏是兩碼子事，最好的例子就是你家局長。老王就跟威嚴、強勢這些詞沒有半點關係，整天笑呵呵的也不怎麼發火，看起來簡直就是個好好先生。但整個第一分局裡，就沒一個人不怕他，他在這裡的威望無庸置疑。」

說到此處，路浚衡卻是話鋒一轉，對霍啟晨搖著食指，告誡道：「但老王那個屬於高手班，他的手段不能隨便亂學，保證會翻車！我們先從初級班開始就好，而且我覺得初級班的課程就夠你用了。」

霍啟晨沉吟良久，最後終於開口道：「不學，初級班都不學。」

「……咦？」

「我的精力有限，而我只想把它們放在更重要的事情上。雖然就像你說的，未來有很多變數，可能等我再做個十幾二十年的警探，會想更進一步，爭取更高的職階，成為一個管理者，所以需要擁有這些處理人情世故的技巧，但那也是我真的有這打算的時候，再來考慮的事。

「對現在的我來說，調查線索、逮住犯人、送他們上法庭接受審判，這就是最重要的事，也是我最想做的事。」

看著路浚衡啞口無言的模樣，本來說得信誓旦旦的霍啟晨垂下眼簾，放軟語調，滿懷歉意地說道：「你肯定覺得我是個不識好歹的人，明明努力幫助我，我還……」

路浚衡的笑聲打斷了霍啟晨的自白。

「那你要不要猜猜看，我有幾成的把握會聽到你拒絕學習這些東西？」

看著那似笑非笑的神情，霍啟晨想起了兩人第一天辦案時，自己被誘入陷阱，讓眼前這男人調戲了一把而悲憤不已的情景。

但這一次，他毫無遲疑，甘願落入對方織出的蛛網中。

他如今只能選「方法二」了，是吧？

之前說了那麼多錯綜複雜的策略，到頭來就是為了「嚇退」他，讓他選擇將這一切難

題交給另一個人處理——

交給他的「好搭檔」來處理。

可見，某人肯定也在高手班的點名表上，和王秉華當隔壁桌的好同學呢。

「沒空，不猜。」霍啟晨撇撇嘴，起身準備去面見那位即將扮演他「愛角」的年輕演員。

「霍警官好高冷哦……但我喜歡，嘿嘿。」路浚衡嘻皮笑臉地跟在霍啟晨身後，只有他自己知道，那副輕佻面容之下，藏著的是一顆悸動不已的心。

有些人就像光一樣，閃耀著純粹，明知會灼傷雙目，卻還是想再多看一眼。

然後，觀者開始思索，自己該如何擁有這道光。

各懷心思的兩人終於來到會客室，令他們意外的是，在場的還真的只有倪疏一人，總是和他如影隨行的經紀人此時並未在場。

霍啟晨率先走入房間，但還來不及開口，倪疏就先對著跟進門的路浚衡道：「不好意思，我只要找霍警官，還請路老師迴避一下，謝謝。」

路浚衡眨眨眼，先是指了指自己，然後在倪疏皮笑肉不笑地點著頭時，一臉不甘願地退出房間，還不忘替他們帶上房門。

當門一關上，會客室裡頓時陷入一片詭異的寂靜，特地要求要面見案件負責人的倪疏也不說話，就是一手撐著肘、另一手支著下巴，用打量意味濃厚的視線將霍啟晨從頭到腳掃了一回，最後露出一抹微笑。

「嗯，果然有落差，但這樣的版本或許才更真實？」

倪疏說著自己才懂的話，霍啟晨被他這一連串莫名其妙的舉動搞得心緒不寧，正想開口問對方究竟有何目的，就見眼前這名青年忽地變換站姿，雙手交疊在胸前，做出略帶防備的姿態，眼神更瞬間變得凜冽逼人。

身為一個從網拍模特兒起家的藝人，倪疏的外表條件無疑是相當優異的，英俊的臉龐加上挺拔的身材，讓他光是站在那裡就自帶一股與常人不同的氣質，偶像魅力嶄露無疑。會有人願意為了見他一面而漏夜排隊，不是沒有道理的。

此刻的倪疏，雖然依舊帥氣，但那種奶油小生的甜膩感盡數褪去，換成一種不怒自威的氣質，冰冷且鋒利，似乎被他看上一眼，就會顫抖著吐露自己的罪刑。

「你……在做什麼？」霍啟晨皺起眉宇，只覺得倪疏忽地給他一種既陌生又熟悉的感受，甚至不由自主地起了一身雞皮疙瘩。

聞言，倪疏眉尾稍揚，用同樣冷淡的語調開口回應。

「看不出來嗎？我在扮演你啊，束光警探。」

# Chapter 15 因為我不會笑

所以，除了我以外，全世界都知道路浚衡拿我當創作靈感來源？

霍啟晨只覺得現實簡直荒謬無比，同時還有股奇怪的酸意在心中慢慢醞釀……

不是說，這個祕密從來沒告訴任何人嗎？

倪疏像是看穿了霍啟晨的心聲，表情又恢復原先那種恰到好處的客套微笑，和聲解釋道：「啊，這件事不是路老師告訴我的，不過在看過你的履歷之後，要把你跟小說裡的束光警探做聯想並不難。更重要的是，一聽說案子發生後沒多久，路老師就跑來以顧問的身分與你搭檔辦案，這背後的因由很容易就能推導出來。

「其實當初看到《西城警事》的腳本時，我並沒有特別從那些對白中感受到男主角『束光』的魅力在哪，直到我去翻了原作，才從字裡行間看出角色的風采。現在有了你這個活生生的角色原型，我的扮演就能更加完美。

「當然，創作會有一定的藝術加工，你和『束光』還是有落差的，不過你身上這種……嗯，冰冷和銳利的感覺很棒，就和小說描述得一模一樣，我接下來可得好好揣摩一番才行。」

倪疏一邊侃侃而談、一邊在沙發落座，還不忘伸手邀請霍啟晨，那副怡然自得的模樣讓後者體會到一股濃濃的既視感。

演員也算藝術家？所以藝術家們都是這麼隨心所欲的嗎？

但霍啟晨並未入座，而是繼續環著手，臉上寫著「我沒有打算和你閒聊」一行大字，毫不客氣地說道：「如果你找我就想說這些，那你就是在浪費我的時間，請不要再這麼做了。抓捕罪犯是分秒必爭的事，你如果真的擔心自己的安危，就讓我好好工作，盡快把這個殺人凶手揪出來。」

倪疏眨眨眼，隨後又是毫無掩飾地審視起霍啟晨，在對方準備轉身走人前才開口笑道：「我就是先和你打個招呼，因為之後你可能會滿常看見我的，到時候還請像現在這樣，忠實呈現你的性格，不必對我有任何客套。」

這話讓霍啟晨腳步一頓，滿臉警惕地回過頭追問道：「你難道是想——」

「啊，你放心吧，我可不會像路老師那樣跟前跟後的，就算想那麼做，我也沒背景幫自己弄個特權身分出來。世上可不是人人都像他一樣，有權有錢、為所欲為。」倪疏笑著

打斷霍啟晨的話，但他的神情裡始終沒有真正的笑意。

「不過，作者都能用尋找素材與靈感當藉口參與偵辦，我說我想多多觀摩角色原型好提升演技，偶爾來看看傳說中的『王牌警官』都是怎麼辦案的，應該也挺合理的吧？」

霍啟晨頓時想放聲大叫，讓這群人不要再把他的工作當成遊戲或作秀，但最終還是強忍著沒當場崩潰，只是冷著臉說道：「你如果干擾我工作，我不介意以妨害公務的罪名逮捕你。」

「你如果干擾我工作，我不介意以妨害公務的罪名逮捕你……」

同樣冷漠的音調自倪疏口中傳出，他的眼神也在瞬間變成冷漠中帶著一絲厭煩，讓霍啟晨寒毛直豎，很想問路浚衡所謂的「工作態度滿分」，指的難道就是這種可以「複製並貼上」的模仿能力嗎？

好在倪疏也就說了這麼一句，馬上又變換臉色，微笑道：「我還有一件事要說，先前Andy哥對你態度不好，還有徵召粉絲攻擊你的事，我代他向你道歉。」

倪疏稍微調整坐姿，挺著身理了理衣領後才正色道：「我跟Andy哥一路走來比較辛苦一點，所以他的性格難免比較……總之，他只是用他的方式想替我爭取最好的待遇，有時候會顯得像是他很不擇手段，但他真的沒有惡意。由於起因在我，所以這個道歉就由我來說。

「對不起，之前是我們做得不好，給你帶來困擾真的很抱歉。我們當然都希望霍警官你能盡早抓到凶手，所以接下來一定會好好配合調查，有什麼需要我們協助的，我們義不容辭。」

這應該算是進了房間後，霍啟晨聽到的第一段「人話」，但一想到這傢伙那跟翻書一樣的「變臉」技能，心裡不免懷疑對方此刻就是在自己面前上演一幕道歉戲碼罷了，誰知道這位新生代演員真正的想法是什麼？

「不打擾你工作了，快去忙吧，霍警官。」倪疏故作友好地朝霍啟晨揮揮手，嘴角彎成了偶像明星必備的迷人弧度，「我一定會好好重現你的英姿，讓大銀幕上的『束光警探』也充滿正義的光芒。」

霍啟晨默不作聲地走出會客室，第無數次想大吼：我不是束光！

這些人一個個都要把那個角色往他身上套，荒唐之餘更讓他有一種難以言喻的焦躁感，總覺得平白無辜擔上了更多的期待與重負，好像有人在耳邊低語，告訴他：你就得像那個小說裡的城市英雄一樣偉大，別讓人失望。

但會失望的究竟是誰？

一手創造了這個角色、對他傾注了許多念想與寄託的路浚衡嗎？

還是早就認清現實、知道「霍警官」一點也不完美的自己呢？

霍啟晨才剛關上會客室的門，守在外面的路浚衡立刻貼上來，既好奇又略帶緊張地問道：「你們都聊了什麼啊？怎麼看你的表情好像不太妙的樣子？」

「我差點要脫口跟他說，我家已經住不下第三個人了。」霍啟晨不悅地瞟了眼路浚衡，後者的表情在三秒內從茫然轉為震驚。

「他該不會也打算來當你的搭檔吧！那怎麼行！」想通關鍵點的路浚衡發出了浮誇的尖叫。

那你怎麼就行了？霍啟晨忍住這句反問，沒好氣地應道：「因為你開的先例，現在大家都能找個藉口來『參觀』我的工作，簡直就是在增加我的負擔。」

聽到這番埋怨，路浚衡也有些心虛，悄聲說道：「我當初真的沒想那麼多，就只是想……想近距離看看你辦案的樣子。我不希望你在我腦海裡，永遠只是透過老王的敘述所拼湊出來的人影，我想看到更加真實的你，所以才會逮到機會就拚命想湊到你身邊……

「但我現在是真的、真的只想幫助你，替你分擔些壓力，因為我知道，人們可以不需要我的書，但不能少了像你這樣，永遠願意衝在第一線，為受害者找尋真相的人。」

路浚衡望著霍啟晨那雙澄澈的黑眸，對許多人來說，那雙眼睛乘載的溫度與銳利都讓人難以招架，但路湠衡卻是為此著迷不已，只希望這道目光能始終如此純粹。

聽著這段真摯的自白，霍啟晨輕咬下唇，也忍不住想對路湠衡坦白一些事，但話未出口就被一道熟悉的嗓音打斷。

「喂，怎麼最近看到你都是臭著一張臉？話說回來，該臭臉的是老娘我才對吧！你們凶案組的搞屁啊！」

羅瑛侑那沙啞的聲線在耳邊響起，兩人一回頭就看見這位女法醫正一臉暴躁地走進門，不管三七二十一就指著霍啟晨奚落道：「我就問你案發現場的管制是怎麼安排的？我們居然被『突襲』了啊！你知道情況有多嚴重嗎？啊！」

「什、什麼？」霍啟晨被這一頓罵轟得一頭霧水，還沒來得及追問，身旁的路湠衡就先大叫出聲。

「怎麼又上新聞了！」

霍啟晨連忙湊過來，就見路湠衡的手機上打開了一則新聞連結，是吳京在幾秒前發給他的，內容赫然就是稍早的酒吧女屍案，而且相比第一起案件，這回的新聞報道上，居然附帶一張毫無遮蔽的屍體照！

這種東西是可以直接刊登出來的嗎！

不等眾人反應過來，平時總是待在辦公室的王秉華直接走出房門，指著會議室說道：

「凶案組、法醫鑑識組，開會。」

霍啟晨立刻抓著路浚衡跟上一眾同事的腳步，迅速在會議室裡集結，羅瑛侑也帶著她家實習生一起入座，不等王秉華開口，就指揮著屬下道：「你說一遍都發生了什麼事，老娘太火大了，不想講！」

拖著上司行李箱的實習生也不敢坐下，就是站在羅瑛侑身後，一邊擦汗一邊說道：「我們處理完案發現場，準備將死者送回來進行解剖時，有兩個人闖入封鎖線，不只對著我們胡亂拍照，其中一個人還趁亂打開遺體袋，拍到了屍體……」

實習生說到此處，忍不住抖了抖身子，戰戰兢兢地說道：「學姊當場叫人要制止那兩個人，但不知道為什麼現場只留了一位警員，根本來不及反應，就讓他們跑了。

「我們有馬上通報，請凶案組負責案件的警官盡快處理這件事，但是到我們回分局時，都還沒收到進一步通知……」

這下子，大家都能輕易理解羅瑛侑為何如此氣憤，一進門就衝著霍啟晨破口大罵。

王秉華沒有立刻質問現場處置怎麼會出這麼大的紕漏，而是先關心道：「被害人遺體目前有順利送回來了嗎？」

羅瑛侑還在瞪著霍啟晨，聽到分局長的問話才不甘心地轉回視線，氣急敗壞地道：「送回來了，但遺體袋被不明人士當場打開，就是個超級大汙染事件！接下來的蒐證結果，都可能在日後上法庭的時候被質疑，然後就變成是我們法醫室跟鑑識組的人辦事不利！你們凶案組的到底在搞什麼啊！怎麼能犯這麼低級的錯誤啊！」

羅瑛侑說的問題的確嚴重，但現在距離他們更近的危機是：案件又被惡意曝光了！

雖然那兩個人拍到的是被羅瑛侑初步處理過、狀態已經安詳許多的遺體，但一張死人照片就這樣直接在網路上公開，還是因為警局在案發現場的管制上出了嚴重失誤，才造成這樣的結果，這下子可真的成了整個第一分局、甚至是范西市警察們的大醜聞。

令人意外的，王秉華下一個提問對象居然是路浚衡。

「路顧問，你能簡單總結一下那份報導嗎？」辦公時刻，王秉華也沒了以往和路浚衡嘻笑打鬧的語氣，神態肅穆而凝重。

路浚衡也斂起輕浮，一本正經地報告道：「我大致看完了，內容寫得比較潦草，但有明確將這起案件與先前的模仿案做連結，然後又刻意提了一下我的作品以及電影拍攝的事，直接下結論說是模仿小說情節的連續殺人案。就這幾分鐘的留言裡，已經能明顯看出群眾的恐慌，而且擴散速度很快，新聞轉發數量已經破百。

「另外，發出新聞的，是一家平時專門刊登八卦爆料的小週刊，因為幾乎都報一些沒有求證過的謠言與緋聞，所以可信度並不高。我覺得警局這邊可能還有機會出來否認一下——」

「不行，這不能闢謠，因為它是確實發生的事情，警局不可能為了聲譽就將真的說成假的。」王秉華搖搖頭，否決了路浚衡的提議，「這件事交給公關組的處理，我找你們來開會除了檢討這件事情外，主要是得重新分派工作。」

這場緊急會議並未持續太久，王秉華也沒打算在這種時候下達過於瑣碎的指令，而是做大方向上的策略調整。

除了案件主負責人仍是霍啟晨這點不變，楊志桓被要求成為第二負責人，並且得安排投入最多人力來解決這起案件。

這個「最多」一詞聽著就挺耐人尋味，但楊志桓知道，這又是一次來自分局長的測試，就是想看他到底有沒有心好好協助霍啟晨，派的人少了那就是在敷衍、派的多了又會被懷疑是在做戲，簡直就是一道致命考題。

但楊志桓知道會陷入這種狀況是他們凶案組自找的，只能在眾多屬下忿忿不平的神情下，硬著頭皮接下分局長的指令，保證自己絕對會全力配合霍啟晨的指揮與安排，務求盡快了結這起意外頻出的凶殺案。

他這組長之位要不要乾脆讓出去，然後告老還鄉算了？在這樣的分局長下頭工作真的太痛苦了。

等王秉華離開後，霍啟晨也沒有任何耽擱，迅速報告自己目前的工作進度，其他凶案組組員則是敢怒不敢言地接下副組長發派的任務，滿懷怨懟地展開新的工作排程。

「啊，總算有個正常的分工模式了……」一開完會，路浚衡便大聲感嘆著，轉頭看向霍啟晨，卻發現對方依然眉頭深鎖，不禁低聲問道：「還在想這件事是你的錯？」

「難道不是嗎？」霍啟晨語氣淡然地反詰，對他來說，就算早上那個案發現場會出現管控疏失，其實是瓶蓋和阿狗造成的，但他既然是案件主要負責人，那這個錯就得算在他頭上。

他如果能更好地協調同事、掌控他們的工作狀態，肯定不會發生這麼愚蠢的失誤。

霍啟晨本以為路浚衡會說些反駁自己論調的話，把錯推到別人身上，卻聽對方出乎意料地應道：「錯就錯了吧，你現在也提出補救方案了，等案子結束，你有的是時間可以自我檢討。現在就別想這些了，準備出發去那家該死的週刊逮人吧！不把這些無良媒體好好教訓一頓，他們下次還敢這麼幹！」

「……嗯，你說的對。」霍啟晨抓起放在桌上的車鑰匙，隨後腳步一頓，又打開抽屜，從裡面拿出備用的手銬，一把扔給路浚衡。

「咦？咦咦咦！」那副手銬彷彿是什麼燙人的鐵塊，在路浚衡的手裡跳了幾下才被他穩穩抓住，「這是什麼意思？是什麼意思呀！」

霍啟晨抿了抿唇角，神情似笑非笑。

「給你一點參與感……搭檔。」

「讚！」

◆

逮捕人的過程並不複雜，那家週刊裡的外派記者們，與其說是狗仔，不如說是亡命之徒，為了拍到最腥羶的照片，一個個都奉行不擇手段的工作態度，喪心病狂。

而且，他們更是早就有會被警察上門拜訪的覺悟，連掙扎的橋段都沒有上演，乖乖上銬的態度讓路浚衡大呼可惜，沒見證到刺激的警匪追逐場面。

重點其實也不是這兩個傢伙，而是他們從何得知這場凶案與先前的模仿案有關？畢竟他們只看到被整理過的屍體，而不是完整的案發現場，根本沒有小說內容可以參照，卻能一口咬定這是連續案件。

果不其然，問訊後得到的答案是「匿名爆料」，有人給了明確的時間、地點與相關的案情資料，慫恿他們將這則新聞刊載出去。

令人不寒而慄的是，這家週刊收到爆料的時間，是早上七點左右，比老闆娘報案的時間還早了十幾分鐘。

這幾乎能肯定，匿名者就是凶手，更能推測他幾乎是殺完人後，就反手把消息釋放出去，像是迫不及待要讓人知道自己犯下了什麼罪刑。

可笑的是，收到爆料的週刊竟沒有在第一時間將新聞發出，理由是「因為沒有照片所以沒說服力」，然後他們就想著要闖進酒吧裡，拍幾張案發現場的照片，讓新聞內容可以圖文並茂。

但在發現酒吧門口已經被趕來的警察看守住後，週刊老闆便決定派出兩位得力下屬在店門外蹲點，趁著法醫與鑑識人員將遺體帶出現場的那一刻強闖封鎖線，照片拍了就直接上傳網路發布，整個計畫大膽又荒唐，結果還真的讓他們成功了。

所以就算當場把那兩人逮住，也來不及阻止他們發出新聞，似乎一切都在凶手的預料之中，面對警方總是棋高一著，更把所有人耍得團團轉。

關於匿名帳號的調查情況也不太樂觀，包含先前與陳允武聯繫的帳號，這類型的匿名社群帳號其實都來自一些美其名曰「網路公關公司」的灰色產業。

他們大部分會利用這些彷佛免洗碗筷一樣的一次性帳號，在社交平台上發布受雇主委託的訊息；又或者是雇主能花一點小錢，買一、兩個這樣隨時可以扔棄的帳號，來進行可能違法的通訊行為。

這次案件裡凶手用的方式就是後者，而這些售出帳號的網路公關公司為了規避責任，也沒有明確的金流記錄，根本不清楚是誰買走這些帳號，也讓追溯源頭的調查工作變得困難重重。

這一整天，眾人都在枯燥的搜查工作中度過，但現實辦案本來就不可能天天和罪犯明槍暗箭地頻繁對峙，而是比拚誰的耐性先耗盡，或是凶手不小心露出馬腳、或是警方因為陷入僵局太久而放棄調查。

是的，現實和小說不同，故事裡的主角總有作者幫他擺平一切困難，成功逮住凶手。

而在現實裡，儘管負責偵辦的警探投入了所有心力，但找不到實質證據或凶手的行蹤時，手上的案子就只能慢慢變作懸案，直至多年後它被徹底遺忘，或出現新的轉機，但那就是沒人能預測的發展了。

路浚衡必須承認，真正接觸到偵查工作後，他有點失望，倒不是因為過程很繁瑣或無聊，而是他不得不承認，一切的努力到最後可能都是白費工夫，而理由也只是很簡單的一句話：凶手就是比你還厲害，所以你抓不到他。

不甘心啊。

心中這麼想著，路浚衡臉上卻依然洋溢著笑意，對凝神盯著電腦螢幕的霍啟晨道：「時間也不早了，今天要收工了嗎？就算你想加班，我們也得先去吃頓營養的晚餐，才有力氣繼續奮鬥。至於通宵的話，想都別想，我會打暈你然後把你扛回家！」

霍啟晨抓著滑鼠的手一頓，終於從極度專注的狀態下脫離，眼角餘光瞥見電子時鐘上寫著「7:42」，猶豫了半晌後妥協道：「好，今天先這樣，你等我印個資料就好。」

雖然他如果選擇留下來通霄加班，揚言要打暈他的路浚衡應該不是他的對手，但這種有人盼著自己回家的感覺，讓霍啟晨難得願意放下工作，暫時回歸正常的值勤時間。

他恍惚之間想到，似乎從來沒有人會在家等著自己下班，他開始工作前就已經搬出姨媽家了，而遙久前曾有過的那段感情關係裡，對方也不是個會將他放在心中第一位的人。

雖然眼下的狀況應該算另一回事，但至少這種有人陪伴的感覺，既陌生又美好，讓他忍不住想多享受一會兒。

「沒問題。那你晚餐要吃什麼？」路浚衡一邊詢問、一邊神色自然地開始替霍啟晨收拾桌面，「是在外面找餐廳吃，還是買東西回去煮？」

這段充滿日常氣息的對白讓霍啟晨二度愣神，又像是不曉得該如何回應般，囁嚅良久才應道：「我家不適合開火……抽油煙機壞了，在屋裡煮東西，味道一個晚上都散不掉。」

「啊？壞多久了啊？怎麼不找人修一修？」路浚衡想到霍啟晨家裡那一堆織布類的家飾，確實也容易沾染氣味，要是搞得一屋子油煙味，可能就得來一場要命的洗衣馬拉松才能恢復原狀。

聽到問句，霍啟晨更尷尬了，小聲說道：「忘、忘了……」

家裡只有一個人，煮飯總是很難拿捏份量，加上自己又時常加班不回家，所以霍啟晨家裡不開火、不養動植物的慣例已經延續多年，抽油煙機的存在就跟掛畫一樣，屬於不需具備任何功能的擺設，什麼時候壞了的他還真的想不起來。

「噗……」路浚衡沒忍住地笑出聲，又趕緊在霍啟晨投來哀怨的眼神時板起臉，故作嚴肅地道：「瞭解！那我們找家餐廳吃一吃再回去！」

每當覺得霍警官真是既威嚴又鋒銳的時候，他又會在某些小地方意外出糗，可愛得令路浚衡猝不及防。

束光警探是以霍啟晨為原型所創造的角色，路浚衡在第一次正式與霍啟晨會面時，也一直想著要將對方與自己筆下的人物對照，預想他會與自己想像出來的虛構人物一樣，是個充滿個人魅力的城市英雄。

然而，這幾天的相處下來，路浚衡已經逐漸將霍啟晨與小說人物分開。

他發現自己原先也有著厚重的「偶像濾鏡」，套了很多自己假想出來的印象在霍啟晨身上，直到這些印象被本人一個個打碎，才看清了濾鏡下那道真正的身影。

但他一點也不失望，因為那個真實的霍啟晨，更加吸引他。

當別人看到的是一個永遠醉心於工作、所向披靡的王牌警探時，路浚衡卻看到了一個時常感到不安、孤獨與無所適從的自卑者。

這個單純木訥的傢伙，甚至忘了該怎麼宣洩情緒，只知道壓抑、故作遺忘，像個孩子般逃避自己不擅長處理的人事物，卻又不會開口求助，在情緒的泥淖中越陷越深……

路浚衡逐漸明白一件事——

他的偶像，是躍然於紙上的「束光警探」，但他想陪伴的人，是霍啟晨。

「我好了，走吧。」

「走，我帶你去吃好吃的！」

拿著文件夾的霍啟晨接過路浚衡遞來的外套，發現自己和這位臨時搭檔，在不知不覺間好像已經有了些默契。

「吃什麼？」

「你猜猜看？嗯，不對，應該說，霍警官你來推理看看？」

「……不要，我下班了。」

這對搭檔並著肩，一同走出第一分局的大門，身影逐漸沒入夜色之中。

◆

路浚衡擦著半濕的髮絲走出房門，一眼就看見坐在客廳沙發上的霍啟晨，後者正一臉凝重地看著手上的文件，抓著紙張的手指似乎在微微顫抖。

「哇，結果你是回家加班啊？好吧。但明天一早就得去分局跟京哥討論嫌疑人名單的事情，所以你也別弄太晚，睡飽了才好上工啊。」

霍啟晨沒有立刻回應，又盯著文件上的字句好半晌，才悄聲說道：「這不是和案子相關的東西……」

說著說著，他面露猶豫，最後還是把紙遞給路浚衡，有些結巴地問道：「早上的事、就是我表妹來找我、嗯……你都聽到了多少？」

路浚衡接過紙張卻沒有馬上閱讀，思索幾秒後坦然應道：「重點應該都聽到了。」

雖然他是在爭執中途才加入現場，但聽到的對話內容也足夠他推斷出來，霍啟晨應該是姨媽帶大的，而現在姨媽的親兒子有難，他卻選擇束手旁觀，於是被打上了「忘恩負義」的罪名。

但他終究是個不瞭解來龍去脈的外人，所以他不會對他人的家庭狀況妄下批判，更不會自以為是地為霍啟晨打抱不平。

他很清楚，自己要做的就是在霍啟晨願意與他分享時，當個安靜稱職的聆聽者。

霍啟晨雙手抹著頭髮，一遍又一遍地將髮絲往後疏捋，嗓音乾啞地說道：「抱歉，我好像從沒和別人說過這些事……我有點不曉得該從何講起……」

「不用著急，我會一直在這裡的。」

路浚衡的鼓勵給了霍啟晨一種從未有過的安寧感，讓他終於靜下心，緩緩開口說道：

「我父母在我七歲的時候，因為一場交通事故過世了。我的姨媽不忍心看我被送去育幼院，就決定收留我，所以我從小是和我的表弟表妹一起長大的，但我們之間的關係一直很緊張……」

霍啟晨只是簡單一說，路浚衡就能推敲出整個故事的七八成內容。

可想而知，家裡多了一張吃飯的嘴，一家之主的姨丈肯定不開心，而家裡那對親生的兒女，也因為多了一個人瓜分母親的愛，就對這個表哥沒什麼好感。

「我其實也不喜歡一直待在姨媽家裡，成為他們的負擔，進入警校後我就算是徹底搬離，聯繫也不多，直到我表弟第一次入獄，我們才又正式相聚。」

霍啟晨搖搖頭，痛心疾首地道：「那時我才知道，徐安霖因為賭博欠了高利貸，幾乎把整個家都拖垮，後來跟一群同樣欠了一屁股債的賭徒闖空門偷東西被逮，不到二十歲就有了竊盜前科。

「他在監獄待了六個月，僥倖獲准假釋，本來以為這段經歷能讓他學乖了，誰知道才放出來多久就犯案，跟著別人去詐騙，團夥失手後把他推出來當替罪羔羊，差點就被當成主謀，要判十年以上的刑期。那時我剛畢業，正式投入警察工作，姨媽求我想想辦法，我就替徐安霖查了這個案子，逮到真正的主謀，最後他改判了兩年刑期。

「但那時我就告訴姨媽，我不會再幫徐安霖第二次，因為他會仗著總是有人替他收拾爛攤子，就永遠不肯改過自新。果然，他這回假釋出獄後，又走了回頭路，而且……而且還染上毒癮。」

霍啟晨還記得，自己在那棟廢棄大樓裡徹夜搜索，抓起窩藏在各處的流浪和與毒蟲，一個個扳正他們的臉，努力在裡面找到一張熟悉的面孔。

然後，他在最深處、散發著無盡惡臭的角落裡，看見了手臂上滿是針孔、渾身都是嘔吐物、視線混濁得彷彿一具死屍的徐安霖。

最令他作嘔與不安的是，儘管身體已經變得佝僂扭曲、骯髒不堪，徐安霖臉上居然還帶著充滿歡愉的笑容，整個人就像一尊破損的娃娃，臉上的表情被固化在出廠的那一刻，於是只能這麼永無止盡地笑下去。

「你知不知道……嗯，你肯定知道，就是我去年逮了一群毒梟的那個案子。我查到他們的總部時，找到了一些帳目和筆記，裡面就有一本寫滿了基層的販毒人員的名錄。為了掌控這些人，毒梟不只讓他們染上毒癮，名錄上甚至還註記了這些基層人員的家人與伴侶、或其他可以當作要脅籌碼的事物……

「當我看到上面出現徐安霖的名字時，我真的有那麼一瞬間的猶豫，想偷偷把他從名

錄裡摘掉，這樣就沒有人知道他也曾經是這個毒梟集團的一份子，但我辦不到……我真的辦不到！」

霍啟晨握緊雙拳，做了好幾次深呼吸都沒能冷靜下來，直到一隻手伸過來輕輕覆蓋在他的手腕上，讓他他鬆開拳頭，然後反射性地搭住那隻溫暖的手掌。

**——本來就不是我的錯！**

路浚衡還記得今天早上，就在這個客廳，霍啟晨嘶聲力竭地喊出這一句話，嗓音裡盡是不甘與委屈，讓人心疼不已。

但此刻他才明白，霍啟晨這句話根本不是喊給徐安湘聽的，而是喊給自己聽，因為即使他知道自己沒有做錯任何事，可是內心的感受卻不是這麼告訴他的。

親手把表弟送進監獄，如果這件事他做得對極了，為什麼心裡會這麼難受？

路浚衡沒有出聲打破這陣寂靜，也沒有抽回自己的手，任由霍啟晨緊緊握著他的手掌，鬆開、再握緊、再鬆開……不停反覆，直到他瀕臨崩潰的情緒終於穩定下來。

霍啟晨長吁一聲，語調又恢復淡然，緩緩續道：「總之，逮捕徐安霖後，我就和姨媽一家正式決裂。或者說，是姨丈對我恨之入骨，所以他不准姨媽見我……我只是想跟姨媽吃頓飯，跟她好好敘舊，告訴她我這段時間都做了什麼，但我總是見不到她……」

那一次次改約的訊息，霍啟晨怎麼會看不出來是委婉的推託？但他就是不想妥協，固執地抓著這頓飯的約定不放，好像覺得只要他堅持得夠久，總有機會再見何淑淑一面。

他也知道這麼做很愚蠢，可是他真的想不到其他辦法來解決這個困境。

那個對他視如己出、也被他當作母親的女人，他就只是想見她一面。

僅此而已。

霍啟晨感覺自己的視線似乎變得有些模糊，伸手去揉眼角時便觸碰到些許濕潤，頓時感到一絲窘迫，不敢去看路浚衡此刻是什麼表情，垂著頭低聲道：「我很長一段時間沒關注徐安霖的狀況，今天徐安湘跑來找我，我才想起這件事，查了記錄後發現，徐安霖上個月被判刑要服十五年有期徒刑，不能上訴、也不能緩刑。」

路浚衡這時才抽空去看先前霍啟晨給他的文件，上面確實就寫著徐安霖的判決結果，以及他目前的服刑狀況。

「徐安湘說他哥哥在監獄被人砍了，我就調出徐安霖的服刑記錄，確實也看到他上週因為刀傷而進過醫護室，典獄長最後給的結案報告也寫說，他是因為與其他受刑人起衝突而遭砍傷。但是……唉……」

霍啟晨的嘆息中有著濃濃的憤懣與悲傷，忿忿不平地道：「他就是手臂被砍了個不痛不癢的小刀傷，然後同一時間，砍傷他的獄友，戶頭裡有一筆新進帳，匯款人則是他第二次入監時的獄友。就在衝突發生的前一天，他那位正在緩刑期間的前獄友才來訪視過他……你知道這代表什麼意思嗎？」

路浚衡的反應不慢，立刻想通前因後果，瞠目結舌地道：「還可以這樣自導自演的嗎？而且這場戲也安排得太拙劣了，典獄長居然不管？」

很顯然，徐安霖這是拜託了上次入獄時交到的「好朋友」，替他付錢給這次入獄認識的「新朋友」，共謀一場監獄裡的械鬥戲碼，而目的很可能就只是為了在可憐的老母親面前賣慘。

「他管那麼多幹麼？這些典獄長平時看多了犯人祭出的各種花招，早就麻木了。徐安霖自作聰明搞了這麼一齣爛戲，在典獄長眼裡就是下班前多簽一份文件的事情罷了，完全不值得他費心處置。」霍啟晨對此不感意外，真正讓他感到難以接受的是，徐安霖事到如今還在動歪腦筋，依舊毫無悔改之意。

他已經完全掌控了母親的心理，並把她當作一副好用的工具，用來脅迫霍啟晨出手幫忙，替他爭取更多好處。

他同樣掌控著這位表哥的心理，知道對方終究是不忍心看姨媽如此痛苦，最後肯定會乖乖妥協，為了姨媽而滿足他的所有要求。

「天啊，你這表弟真的是……哇……」某位文字工作者都辭窮了，實在找不到一個足夠精準的詞彙，來描述霍啟晨這位表弟的行為有多齷齪。

霍啟晨也垂眸看著那份文件，右上角的罪犯照片裡是一張已經全然陌生的年輕臉龐，只剩那對透著桀傲不遜的雙眼還讓他有些熟悉。

該受到懲罰的明明是這傢伙，但為什麼痛苦的都是別人呢？

他印出這些資料，原本是打算拿給何淑淑看的，讓這位母親快點醒悟，她養的已經不是個兒子，而是為了從她身上吸食所有養分而手段盡出的寄生蟲。

但他只要一想到何淑淑會有多心碎，他就沒辦法告訴對方真相。

「我想，你現在是在想一個解套的辦法？一個既能夠勸你姨媽趕快清醒、又能讓你表弟徹底受到教訓的辦法？」

「嗯……你有什麼建議嗎？」霍啟晨也詫異自己居然一夜之間會變得如此依賴路浚衡，但此刻在自己眼前的人，是唯一一個願意關心這些事的人，他似乎別無選擇。

路浚衡空著的那隻手又輕輕敲起唇瓣，霍啟晨也意識到自己還抓著對方，但這一次……他沒有放手。

「這的確是個很棘手的問題，我現在也想不出什麼好的解決方案，但是，不要怕！辦法就是人想出來的，這問題不會永遠無解下去！」

路浚衡凝視著霍啟晨滿是求助的眼神，柔聲說道：「我聽得出來你真的很愛你姨媽……我會陪你的，陪你一起解決這個問題，讓你可以再見到她。」

「謝謝……」

霍啟晨感覺自己好像又回到了十七歲的那一天，正徬徨著未來該走哪一條路，腦子裡各種思緒越來越多、越來越亂……

他開始覺得呼吸急促、心跳加快，眼前的畫面似乎旋轉了起來，讓坐在位子上的他竟有一種暈車般的噁心感，好像下一刻就會直接吐出來。

然後他打開網頁，像個急著要找特效藥的病患，因發病而顫抖的手指戳著滑鼠，將螢幕上的畫面一點一點向上拖曳，讓上面那些充滿力量的文字帶著自己脫離那股恐慌感，在思緒逐漸沉浸於故事氛圍的同時，躁亂的心情也跟著沉澱下來。

就像此刻，差點被無助與痛苦吞噬的他，在聽到那句「我會陪你的」之後，蟄伏在身上的恐懼也一點一點消退。

「今天在分局的時候，你說……你說人們可以不需要你的書……那不是真的。」

「嗯？」

聽著霍啟晨的低語，路浚衡有些詫異地抬眸，與對方四目相接。

就聽霍啟晨用力地、真摯地一字一句說道：「我需要。你的書、你的故事陪伴我很長一段時間，也陪我熬過很多痛苦的事……我真的很需要它們。」

——而現在的你，也在陪伴我，我也需要你。

路浚衡忽地鬆開兩人交握的手，觸電似的向後一彈，整個人倒進沙發靠枕中，也瞬間拉開兩人的距離。

此舉讓霍啟晨無比茫然，望向路浚衡時，竟發現對方的臉已經紅了大半。

「我……我去冷靜一下，不然我怕我一個衝動，又做出什麼欠打的蠢事！」

路浚衡不等霍啟晨反應過來便衝向他的臥室，下一秒便聽見裡面傳來關門的聲響，應該是把自己關進了浴室裡。

我說錯話了嗎？霍啟晨困惑地摸摸臉，回想著方才路浚衡臉上的表情，看起來並沒有怒氣或不滿，所以自己的話應該沒有冒犯到人才對？

他不知道，某個正在對自己沖冷水的大作家快瘋了，頭一次那麼痛恨自己有一雙善於觀察與分析別人想法的眼睛，在那一瞬間讀出他家書迷眼中暗藏的依賴與渴求時，激動得心臟都漏跳了好幾拍。

他需要我！他需要我啊！路浚衡很想這麼大叫，所幸是靠著意志力與水壓強勁的蓮蓬頭壓住這股衝動，才沒因為亂發神經而被趕出他的臨時住所。

幾分鐘後，路浚衡終於又回來了，看著並沒有什麼不對勁之處，但霍啟晨就記得兩人方才聊天的那段時間裡，對方本來就半乾的頭髮都差不多要全乾了，結果現在居然又濕得掛起了一串串水珠。

霍啟晨已經認命自己大概永遠搞不懂路浚衡的思路和人來瘋的行為，直接放棄思考對方到底在搞什麼鬼，輕聲說道：「總之，這件事就先放一放吧，不急。還是調查模仿案更要緊。」

「嗯嗯嗯。」路浚衡點頭如搗蒜，同仇敵愾似的揮起拳頭，「本來以為你那個表弟被人砍了，接下來可能還會有生命危險，結果他根本就過得很快活嘛，還在裡面交了『新朋友』，簡直如魚得水，太可惡了！」

「他從小就這樣，為達目的不擇手段，但又不夠聰明，做事總是不乾不淨的……」霍啟晨也忍不住埋怨起他這個從不讓人省心的表弟，然後一件陳年往事就浮上心頭，讓他決定把另一個也被他拖延的問題拿出來重新面對。

「有一個……可能有點奇怪的要求，希望你可以同意。」

「哦？說來聽聽。」

霍啟晨又摸了摸臉，神情窘迫地問道：「我能不能把口罩戴上？至少上班的時候戴著，如果是我們獨處，我盡量不戴。」

「咦？為什麼啊？你不喜歡把臉露出來是嗎？」

路浚衡這才想起，每次在簽書會看見霍啟晨時，對方總是遮著下半張臉，有時甚至還會戴帽子，連上半張臉都會被掩蓋在帽沿的陰影下，讓人幾乎看不清他的長相。

「因為、嗯……」霍啟晨支支吾吾半晌，最後自暴自棄地道：「因為我不會笑。」

「……啊？」路浚衡頓時有種耳朵是不是抽筋了的錯覺。

不會笑？不會笑又怎麼了？世上也不是沒那種連一般表情都做不出來的「面癱」，只是面容生得比較嚴肅罷了，就需要遮擋起來嗎？

然後，霍啟晨說了一個路浚衡都寫不出來的荒唐故事。

那是某次霍啟晨都想不起確切時間的小學期中考，從小就十分頑劣的徐安霖考了好幾

科不及格，不敢讓雙親知道，就妄圖以偽造父親簽名的方式蒙混過去，結果不慎被霍啟晨抓包，當場受到來自表哥的一頓嚴厲訓斥。

霍啟晨訓人的一幕被徐建國撞見，但後者完全沒打算搞清楚前因後果，只覺得這個勉強收留的死小鬼到底憑什麼罵他親兒子，上前就打了他一巴掌。

「我一直記得姨丈罵我的，他說『整天只會擺著一副死人嘴臉，這張臭臉已經剋死你爸媽，現在還想剋死我們徐家是嗎！』，我那時其實聽不太懂，只知道他應該討厭我的臉吧？那我就想辦法遮起來，希望這樣子姨丈就不會繼續討厭我、對我生氣，然後我就習慣了遮著臉的生活……嗯，很蠢的理由，我知道。」

霍啟晨的語氣滿是自嘲，嘴角努力勾了勾，卻還是做不出自然的微笑，此舉反倒讓這個故事顯得更加荒謬與哀傷。

他望著一臉複雜的路浚衡，懇求著道：「露出臉，會讓我想起這件事，所以可以的話，我想繼續戴著口罩。」

他還有沒說的理由，那就是把臉遮住的時候，他就不用去考慮自己現在到底是什麼表情、會不會讓人反感或是不合時宜，還會變得平庸許多，容易讓人忘記他的存在，自然就不會對他投以過多的關注，讓他渾身不自在。

路浚衡一時間不該知做何感想，只能愣愣地問道：「所以你平時連上班都是遮著臉的？那為什麼我一來，你就摘下了？」

「因為王局長說，他不想讓你對我印象不好、覺得我整天遮著臉很沒禮貌。我覺得你現在應該不會對我有這樣的誤會……應該不會吧？」

霍啟晨的神情裡充斥著濃濃的擔憂，是真的怕路浚衡會覺得這件事過於可笑，而對他的請求嗤之以鼻。

「我、你、我真的是……」路浚衡抱著頭，莫名地語無倫次起來，隨後忽然燦爛一笑，再次確認道：「所以你跟我獨處的時候，就不會遮著臉，是嗎？」

「嗯……因為你好像不介意我總是臉色不太好的樣子？」

霍啟晨其實也不太確定這一點，只是和路浚衡相處的這段時間裡，還沒聽他說過類似「你怎麼表情這麼臭」的埋怨，想來應該是不太在乎他這張臉到底長什麼模樣。

路浚衡能說，自己是因為覺得對方連生氣都有點可愛，所以才一點也不介意他擺臭臉嗎？

不能啊，講出來肯定會被罵「變態」！

他在霍啟晨心中的分數還不知道由負轉正了沒，怎麼能再添一筆負債呢！

「這可是你說的，只在我面前露出臉哦。那就這麼說定了！」

好像哪裡怪怪的？霍啟晨看著路浚衡那副雀躍不已的模樣，就覺得沒必要細思這種事，默默地點頭同意。

「好吧，時間也不早了，你忙了一整天，還是早點休息吧。」路浚衡催促著霍啟晨回房睡覺，自己卻不像是要早早就寢的樣子，而是在霍啟晨困惑的視線下掏出他的筆記型電腦。

「你還不睡？」霍啟晨就見路浚衡將螢幕被撐開的筆電放在腿上，雙手十指交叉扣攏，然後朝前伸展幾下，指節跟著發出「喀啦喀啦」的聲響。

路浚衡朝他豎起拇指，笑應道：「因為我有個可愛的讀者，我答應他要盡快寫完番外篇給他看，所以接下來就是趕——稿——時——間——！」

聞言，霍啟晨耳根染上些許紅暈，沒想到一向聽別人勸戒的他，也有說出這句話的一天。

「你也別寫到太晚，早點睡。」

「知道啦，晚安！」

「晚安。」

# Chapter 16 好像真的遺漏了什麼

「關於你表弟的事，我昨天想了一整晚啊，有個問題想先弄明白。」路浚衡走下車時，對著正在收後照鏡的霍啟晨道：「他是三進的累犯，刑期還有十五年這麼久，為什麼是關在范西市的市立監獄，不是在更大的州立監獄啊？他這還不能算是重刑犯嗎？」

路浚衡對於監獄體系的詳情也是一知半解，只是在網路上查到的資料說，通常市立監獄關押的都是還在等判決、或是刑期較低的輕罪者，像徐安霖這種雖然沒背上人命但也算是劣跡斑斑的傢伙，似乎不該出現在這裡。

霍啟晨聞言便是沉默良久，這一聲不吭的樣子讓路浚衡有了些許猜測。

「有人看在你的面子上，把徐安霖放到安全級別較低的市立監獄，讓他就算被關，但至少居住環境能稍微好一點？啊……該不會是老王幹的好事吧？」

霍啟晨戴上口罩，聲音被悶在布料下，聽著有點含糊不清，「不知道，局長沒和我說過這件事，我也不想問，但……應該是他安排的。」

他昨天一看到徐安霖這個該被送往更高安全級別監獄的傢伙，居然還是被關押在市立監獄裡，就曉得有人在替他疏通關係，心情更加鬱悶。

他知道王秉華是一片好意，只是在為自己心愛的下屬謀求一點福利，但一想到徐安霖是個不知感恩與悔改的混蛋，就覺得分局長的心意被徹底糟蹋。

路浚衡抹抹下巴，若有所思地道：「既然他能被放到安全級別低的監獄……那反向操作，應該也可以對吧？」

這話讓霍啟晨一愣，「理論上可以，但通常不會有人這麼做……你想到什麼辦法了？」

「嘿嘿，就是有些靈感而已，我先跟老王確定一下到底能不能那麼做，沒問題的話再跟你說。」路浚衡一臉神祕兮兮的樣子，霍啟晨見他似乎很樂於製造各種驚喜感，也就隨他去做，沒有追問過多。

好巧不巧，兩人前腳剛踏進分局大門，身後就跟上一道熟悉的身影，對著兩人喊道：「早，名單我拿來了。」

吳京正好卡在輪值早班的人員開工前五分鐘進門，但實際上可能早早就在分局外面等候，果然如路浚衡所言，是個極為專業盡責的經紀人，絕不會耽誤任何安排好的工作，就算是沒安排的突發狀況，也能迅速處理妥當，給人滿滿的安心感。

霍啟晨點頭回應吳京道：「請先到會客室等一下，我拿點東西就過去。」

「好……嗯？」吳京抬起的腳剛要轉向會客室的方向，忽地整個人頓住，猛然回頭看著已經快步走遠的霍啟晨，瞪大眼睛努力想看清他的面容，幾秒後終於確認自己沒有看錯，頓時目瞪口呆。

「喂，大作家，霍警官該不會……我沒認錯人吧？他是那個、那個……」

總算有人和他一樣為此震驚不已，獲得同伴的路浚衡哈哈大笑道：「對啊，羨慕吧！沒想到我偶像把我當偶像……呃，好繞口。」

身為同樣出席了每一場簽書會的經紀人，吳京當然也會特別記住某幾個時常出現的讀者，尤其那個被路浚衡奉為「心頭肉」的蒙臉男，更是印象深刻，有時候都說不清，他是不是也和路浚衡一樣，都暗自期待這位忠實的書迷出現在會場裡。

現在告訴他，原來那位神祕低調的書迷就是大名鼎鼎的王牌警探，吳京只覺得……

「我覺得你和霍警官的關係還挺有意思的，是個不錯的題材，你就用這題材寫個新書提案給我吧。」

「……我也不期待你跟我一樣激動，但好歹也感嘆一下吧！馬上就進入催稿模式是怎麼回事啊！我不聽我不聽我不聽……」路浚衡像個耍賴的孩子般大聲叫嚷，氣呼呼地闖進還沒有人上班的分局長辦公室，等著堵截他這位忘年之交，一起好好謀劃如何處置徐安霖的事。

吳京翻了個白眼，進會客室坐了會兒，霍啟晨便再度出現，大概是為了方便做紀錄，手裡還端著平板電腦，關上門便單刀直入地問道：「昨天清晨五到七點時，吳先生你在什麼地方？」

「嗄？」吳京被這問題弄得一愣，語氣有些不肯定地道：「在、在家睡覺……」

「為什麼遲疑了？」

吳京搖搖頭，連忙正色道：「我那段時間的確和老婆小孩在家睡覺沒錯，而且我住的大廈有門禁，出入口也都有監視錄影器，可以證明我沒有出門……呃，請問我現在也是嫌疑人之一嗎？」

他遲疑的可不是自己的行蹤，而是他居然也是需要被調查的對象嗎？

他一個功勞與酬勞不成正比的卑微經紀人兼出版編輯，一個微不足道的小配角，怎麼可能犯下這麼喪心病狂的案件！

「只是例行性的詢問，在刑事偵查中，不能輕易排除任何可能性。不過，目前確實也看不出吳先生你有任何作案動機，所以暫時不會將你列入嫌疑人名單之中。」霍啟晨冷淡得彷彿一台辦案機器人，連安撫的後話都顯得生硬機械。

吳京想了一下路浚衡先前是如何評價霍啟晨的，再把那些敘述拿來對照眼前的男子，然後發現根本一個字都對不上。

這樣的氣質到底哪裡靦腆、哪裡可愛了啊！

他偶爾會懷疑，路浚衡那雙藝術家之眼所看到的世界，可能跟大家眼中的版本不太一樣。

霍啟晨也沒打算等吳京的情緒轉換好，又續問道：「昨天請你整理了路老師身邊較親近的友人與共事者的名單，能給我看了嗎？」

「噢、噢……都存在這裡面了……」

吳京此時有種極為古怪的不協調感，因為眼前的冷峻警探明明就和那個簽名時都不敢直視路浚衡的害羞書迷是同一個人，可兩者的給人的感覺實在差異太大，讓人難以相信他們「都是」霍啟晨。

果然啊，人在追星的時候，是會產生另一個人格的對吧！

霍啟晨沒察覺、或者不在乎吳京豐富的心理變化，接過隨身碟後快速操作著手上的平板讀取資料，同時問道：「吳先生，你自己覺得，這些人之中有沒有誰的嫌疑較大？」

吳京面色苦惱地應道：「你別看浚衡總是很熱情好客的樣子，其實真的和他關係比較

親密的人很少，我也很難想像他們之中會藏著一個變態殺手。」

他其實只是想為自己給了一份超長名單的事做舖陳，解釋一下為什麼他沒有完全按照霍啟晨的要求去列名單，擅自加入一些他認為比較值得參考的篩選條件，結果眼前的警探卻扔出一個讓他始料未及的問題。

「他不是有好幾個曖昧或一夜情的對象嗎？他們不算親密的人？」

吳京啞口無言幾秒，猶豫自己到底該以哪種身分回答這問題，是要給霍啟晨經紀人版的官腔說法，還是摯友版的真實答案？

看著眼前這位年輕警探藏著鋒芒的黑眸，他選擇據實以告。

「我印象中，應該是許老師過世後，浚衡就沒有認認真真談過任何一段感情了。我可以很肯定地告訴你，在戀愛關係這一塊，他真的很久沒有可以稱做『親密』的對象了。」

面容嚴肅的霍啟晨視線一凝，眉尾隱隱抖了幾下，沒有打斷吳京的敘述，繼續靜靜地聽他談論路浚衡的私生活。

他知道自己這麼做有點公器私用的意味，甚至還有點不道德，但又無法壓抑那股渴望，想更加瞭解路浚衡的一切。

他見識過這名男人的幼稚自戀、恣意妄為，也見識過他的熱情浪漫，更能隱約察覺他藏在浮誇表現之下的細膩與溫柔。

肯定還有更多的吧？更多鮮少展現給他人看見的面向，他都想知道。

正如同路浚衡不希望霍警官永遠只是他腦海中的一抹影子，霍啟晨也想認識真正的路老師，不是那個只給書迷讀者看到的片面形象，而是更加真實與完整的他。

「他也不是真的愛玩或是私生活混亂，只是他確實沒有安定下來的打算，偶爾來場浪漫約會、度過幾個愉快的夜晚，對他來說就夠了。所以你說的也不算錯，他的曖昧對象是不少。

「不過，那些人之中也不是全都真的和他有關係，有一部份是為了搏新聞版面才搞出來的噱頭，是刻意『製造』出來的緋聞。」

吳京悄悄看了眼霍啟晨，不太好從他那張被遮住一半的臉上讀出明確的訊息，試探性地說道：「你是他的書迷……你應該看得出來，我們出版社對浚衡的『包裝』方式比較特別，不只把他當一個創作者，更把他塑造成類似偶像明星、花花公子的存在。

「主要也是他自己並不排斥走這樣的路線，而他多數的書迷也喜歡這種風格的創作者，所以我們才這麼行銷他。我們偶爾為他製造一點花邊新聞，其實就是一種行銷手段……」

霍啟晨當然知道，路浚衡的書迷裡，其實有一部分是因為他那個風流倜儻的「人物設定」才追蹤他，而不是真的特別喜歡他的創作，吳京的說法他倒也能夠理解。

但想到路浚衡原來是自己也喜歡擺出這種形象，心中不免感到有些失落。

所以，你確實是個不喜歡在感情上給予承諾，只想活在當下的人嗎？

不，我為什麼要想這種問題？霍啟晨驀地驚覺自己的思緒居然往一個莫名其妙的方向狂奔而去，連忙收斂心思，逼自己專注在查案上。

「這部分我明白了，那路老師的家人呢？他跟他們也不親近是嗎？」

「浚衡和家裡的人感情不好，這應該算是公開的事實。他們雖然都住在同一座城市，但浚衡和他父母已經好幾年沒見面了。讓我來說的話，許老師反而更像浚衡的父親，他們兩個人相處的氣氛比很多父子都要好……所以你應該能明白，許老師過世的事，對浚衡的打擊有多大。」

隨著這樣的轉述，吳京好像也慢慢反應過來，為什麼路浚衡對霍啟晨有著那麼多執著、以及與旁人大相逕庭的解讀，甚至還為他這位「偶像」寫了四本小說。

獻給我的英雄們，謝謝你們在拯救世界之前先拯救了我。

這是路浚衡在《西城警事》這系列作品裡寫的獻詞，身為編輯的吳京一直認為這裡說的英雄就是許仲安，因為只要知道路浚衡的人生經歷，就能認同這位許老師確實是一名英雄，不僅拯救了不少誤入歧途的學子，更是為了保護一名無助的少女而付出生命。

現在看來，這份獻詞裡的英雄一定還包括霍啟晨，正因為是霍啟晨替許仲安的案子迎來了曙光，才沒讓路浚衡溺死在無邊無際的愧疚與悔恨之中。

他們都先拯救了不同人生階段裡的路浚衡，才去拯救世界。

吳京只能說，他就佩服這些腦子不知道怎麼轉的創作者，可以把各式各樣的念想與寄託幻化成深植人心的作品。

霍啟晨聽完這些解釋，再想到路浚衡家裡那個幾乎沒有多少變動的書房，便深深體會到，為什麼吳京會說路浚衡似乎還沒走出那段傷痛。

他正固執地用盡各種方式，把對許仲安的思念一點一點鑿刻下來，彷彿這位恩師從未離開他的人生。

「按照你這麼說，那你整理出來的名單應該……嗯？怎麼這麼多？」

霍啟晨看著平板上跳出的視窗，映入眼簾的便是密密麻麻的名字，看著一點也不像是「關係親密者並不多」的情況。

「名單這件事，我其實也沒什麼頭緒，但昨天聽浚衡說過，凶手好像很熟悉網路社群

操作，我就特別注意了一下我們出版社的公關部門。列表最前面的幾個名字，都是公關部的人。」

吳京這又簡單解釋起他們出版社的部門分配，其實有不少工作是以外包的形式發派出去的，雖然有一個專門幫旗下作者管理社群帳號的公關部門，但裡面只有部門正副主管和幾名正職人員，剩餘的人員組成全是兼職，輪替的頻率也不低，要過濾起這些人並不輕鬆。

但吳京遠比霍啟晨料想得還要面面俱到，而且不愧是善於統整與規劃的經紀人，不只調查了和路浚衡在工作上接觸較多、或甚至有私交的人員，更利用人事部門提供的職員基本資料做篩選，把跟路浚衡可能產生交集的人全部都挑出來，給霍啟晨一份完善到他想拿給同事們做偵查模板的分析資料。

「我自己抓了幾個關鍵字下去做交叉比對之後，發現有一個人確實有點可疑，但因為我查不到更多詳細的訊息，所以這部分就要靠警方這邊做進一步調查了。」

吳京示意霍啟晨點開列在名單第一行的「林睿詠」，附帶的註記上寫著他是兩個月前加入公關部門的兼職人員，主要工作是在某幾位作者的專屬網站當客服窗口，還有協助管理網站公告等等雜務，目前的工作狀況還算不錯，主管似乎有考慮讓他轉為正職。

這名三十五歲的資訊兼公關人員，乍看之下沒什麼特異之處，直到看見他原來領有教師執照，曾任職新欣高中的輔導老師，並在四年前離職，事情就變得有些蹊蹺。

「四年前？那是許老師過世時……」

吳京有些遲疑，但還是點頭道：「我查不到他是因為什麼理由離職的，但如果是那個時間點，看起來應該就是受了許老師那件事的影響。」

他頓了頓，朝窗外看了幾眼，似乎是在確認路浚衡不會隨時闖進來加入對談，這才續道：「浚衡應該沒和你說過，他那時候其實已經有點……瀕臨崩潰了，所以做了很激進的事情。」

「……比如說？」霍啟晨其實早有些猜測，但還是忍不住開口追問。

「比如，他讓將近七成的教職員在一個月內通通『被離職』，甚至對其中幾個特定人選趕盡殺絕，讓他們身敗名裂，成為國內教育領域裡人盡皆知的害蟲，一輩子都不可能再被任何學校任用。」

◆

「哈！」

霍啟晨看著從屏風後跳出來的男人，口罩下的嘴角抽了抽，無可奈何地道：「你知道我們辦公室的隔板只有半個人高，而且還是半透明的吧？」

他大老遠就能看到有個人偷偷摸摸地窩在他的座位隔間裡，不時探出腦袋張望，想確認座位的主人何時回來，如此鬼祟的行為連周圍的警探都看不下去，頻頻對他翻白眼。

「我又不是為了要嚇你，就只是要調節一下緊張的氣氛而已。」路浚衡雙手叉腰，說得理直氣壯，「我看你跟京哥談了好久，表情還很嚴肅，我都不敢進去打擾你們。」

霍啟晨想著方才和吳京談論的事情，又想到那是眼前這名男人曾做過的事，就有些不真實感。

他很難想這個看起來樂天開朗、彷彿沒有任何煩惱的傢伙，也會有如此暴戾偏執的一面，為了平息自己的怒火，一點也不介意把別人燒成灰燼。

路浚衡渾然不知自己的過往被吳京賣得一乾二淨，見霍啟晨事情總算處理到一個段落，應該有空喘息一下，便興致勃勃地拉著他道：「快來快來，熱騰騰的美味早餐已送達！涼掉就沒那麼好吃了。」

「什麼？」霍啟晨一頭霧水，看著路浚衡從散發著香氣的紙袋裡掏出食物，還有些傻呼呼地說道：「我們吃過早餐了。」

「那就當早午餐！」路浚衡將還帶著熱度的咖啡杯遞給霍啟晨，補充道：「這就我那天跟你講的，我的愛店，他們家的咖啡一喝就忘不了，超香！我特地叫老王幫我買的。」

霍啟晨聞言一愣，隨即詫異道：「局、局長買的！」

堂堂第一分局局長，竟然淪為外送司機了！

「啊，因為那家店在他來上班的路上嘛，經過的時候順便買一下而已，也沒多麻煩。」路浚衡一副稀鬆平常的語氣，只是一個勁地催促道：「快喝一口看看，你真的會對咖啡改觀！」

霍啟晨拗不過路浚衡的熱情，加上想到這還是上司充當司機帶來的食物，連忙誠惶誠恐地接過杯子，摘下口罩後喝了一口，隨即被口中蔓延開來的咖啡豆香震驚。

但不等他做出評價，路浚衡又遞來其他的東西，這次都直接餵到他嘴邊，就差沒對他說一聲「啊」。

「這家店的麵包也不錯，如果在店裡吃剛出爐的會更棒，你試試！」

霍啟晨看著近在咫尺的可頌麵包，精心烘烤過的酥皮散發著奶香，中間還夾著牛肉片與半融化的起司，令人食指大動。

「總覺得你好像一直要我吃東西。」霍啟晨有些哭笑不得地說道，在路浚衡滿是期待的眼神下張嘴咬了一口，雙眸隨即亮了一下。

「好吃吧？」路浚衡的嗓音裡滿是成就感，又餵了霍啟晨一口，同時笑應道：「因為

我還沒找出你最喜歡的口味和食物是什麼，所以接下來你還會被我投餵各式各樣的美食，等著瞧吧，嘿嘿嘿……」

霍啟晨細細品味著口中的食物，也品味著路浚衡眉眼間的笑意，發現這名男人有時候確實幼稚得令人抓狂，但那種童心未泯的單純感又讓人無法徹底討厭他。

因為霍啟晨能感受出來，路浚衡是發自內心地想和他分享自己喜歡的事物，更想從他身上獲得認同，享受那種兩人同樂的美好氛圍。

念及此處，霍啟晨便捧場地主動湊上前咬了一口麵包，看著路浚衡臉上的笑意更盛，自己的心情也跟著愉快起來。

然後，一道突兀的清嗓聲便打斷了這一切。

「咳、那個……副組長，你要的證物我拿來了。」

看著沉浸在兩人世界的「王牌搭檔」們，阿狗覺得自己不該在這裡，但又不想抱著一箱證物在走道上罰站，只能尷尬地刷了一下存在感，把東西放下後轉身就跑。

他覺得自己出聲提醒時，某位顧問投射過來的眼神好像帶著刺，但也可能只是他的錯覺。

霍啟晨也被阿狗這一喊弄得備感羞窘，沒了方才那種大方接受餵食的坦然，匆匆上前拿起那一箱物品，用眼神示意路浚衡跟上他的腳步，兩人一同走向會議室。

路浚衡好奇地看著那個外觀陳舊的箱子，體積約是兩個鞋盒合併，材質看起來頗為厚實，不過顯然被放置在光源照射不均勻的地方——很可能是某處置物架上——頗長一段時間，盒子外部有著漸層式的褪色，邊緣還有些沒清乾淨的落灰，蹭在霍啟晨的衣袖上。

和盒子放在一起的還有一份卷宗，看著同樣頗有年代感，但封面上只寫了警探們才看得懂的編號，所以路浚衡也無從猜測卷宗的內容為何。

他按捺著好奇心等待霍啟晨對他解釋，然後就聽對方緩緩說起不久前與吳京討論出來的重大嫌疑人是誰。

霍啟晨只是簡單說明幾句，立刻就感覺面前的人氣質大變，雖然路浚衡臉上還掛著淺淺的微笑，像在聆聽一個有趣的故事，但實際上他的眼神裡已經沒有半分笑意，只剩下一片冰冷。

待霍啟晨將前因後果說完，兩人又沉默了半晌，路浚衡忽地啞然失笑，搖著頭感嘆道：「還真沒想到，查個現在的案子，居然也能跟四年前的案子產生連結，簡直不可思議。」

「所以，你對這個人有印象是嗎？」

路浚衡又沉吟良久才開口應道：「有，林睿詠和『那個傢伙』是同一期進入新欣任教的，而且又是輔導老師，我就理所當然地將他打上『共犯』的標籤，封殺了他的任教生涯。

「對當時的我來說，任何人都可以是那件事的加害者，只要一點理由，哪怕很牽強，但足夠說服我自己就行。」

他自嘲地笑了笑，又道：「我知道那時的我讓很多人受到傷害，因為我迫切想找出為此負責的人，卻又覺得不可能只有一、兩個人是罪魁禍首，所以能拉幾個人下水就拉幾個。

「只不過，你如果要問我後不後悔……老實說，一點也不會。不管重來幾遍，我都會為了臭老頭復仇，手段說不定還會更狠一點。」

說著說著，他抬眼望向霍啟晨，以為自己多半會對上滿是失望的視線，卻發現對方眼裡只有哀傷與擔憂。

你難道不覺得追求私刑正義的我，十分卑劣又不堪嗎？路浚衡沒問出口，因為他沒有勇氣面對答案。

但向來情商不太足夠的霍啟晨，這次竟是看出了路浚衡的擔憂，輕聲說道：「我不認同你的想法和手段，但同樣的條件下，我也不能保證自己能找到更好的應對方式，所以、所以……嗯，我只是想說，我能理解你的心情……」

霍啟晨捋了幾下髮絲，有些喪氣地道：「抱歉，我不太會安慰人。」

他甚至覺得自己有點可笑，因為腦海裡第一個冒出來的想法，就是推薦對方使用他在難過時會採取的應對方式，於是結果就會變成讓路浚衡自己去看自己寫的小說。

我好沒用……霍啟晨沮喪地想著，因為他知道，如果立場對調，這時的路浚衡肯定早就想出數種能逗他開心、幫他走出陰霾的好方法了。

「怎麼會呢？我已經被你安慰到囉！」路浚衡漾開笑容，被霍啟晨這副懊惱的可愛模樣徹底治癒，一掃方才的鬱悶，興致勃勃地問道：「所以你接下來就要調查這位林睿詠是嗎？」

「我剛剛就請人通知他過來警局了，雖然沒特別講是為了什麼事，但你的經紀人應該有先和出版社的人打過招呼，請他們盡量配合查案，所以林睿詠沒有多疑，說他晚點就能過來。

「在他來之前，我們先重整一下許老師的案子，確認林睿詠在四年前的事裡扮演的角色是什麼，以及他是否有動機犯下這樣的案件。」

霍啟晨的超高效率讓路浚衡再次驚愕，隨後也跟著點頭附和道：「我滿認同京哥的猜想，不管四年前這傢伙到底是不是無辜的，我讓他失業是事實。再微不足道的理由都可能造成仇恨，更何況是他這樣的經歷，他對我恨之入骨，我一點也不意外。

「如果以『復仇』作為動機，想靠這一連串案件來敗壞我的名聲，甚至對我不利，他的嫌疑的確非常大。」

就在第二起案件也被曝光後，真的就如同路浚衡先前曾經說過的，一些不明事理的人逐漸將矛頭指向他這個小說原作者，認為就是因為他寫了這些充斥著暴力血腥的故事，才會有心理變態的人想模仿。

路浚衡只在紙上殺人，但他開始被要求要為現實裡的死者負責。

他說著便伸手去拿那份卷宗，霍啟晨一時間沒反應過來，想阻止時已經晚了一步，夾滿文件與照片的卷宗被直接掀開，攤平的那一面正好就是死者的驗屍報告。

霎時間，路浚衡感覺一股強烈又紛亂情緒狠狠轟在他心窩上，呼吸和心跳似乎都因此停擺，彷彿一腳墜入寂靜的深淵中，連五感都被一一剝奪，只剩下烙印在視網膜上的一片殷紅。

血，一大片混雜著腦漿與頭顱碎屑的血。

那人是趴在地上的，側著頭露出一張已被歲月刻畫出許多皺褶的臉，一塊棕紅色的污漬自腦後碎裂之處蔓延開來，在他身下的地毯上染出一幅殘暴的塗鴉。

路浚衡認不出來那張面孔屬於誰，只知道那人的眼中有著凝固在死亡那一刻的驚懼，雙手指尖深陷在地毯之中，畫出一道道抓痕，似乎是掙扎了一番才在痛苦中慢慢死去。

宛如溺水的嗆咳聲自路浚衡喉中發出，他整個人都在顫抖，在平地上搖搖欲墜，好像隨時會暈厥。

房間裡一片寂靜，卻有一種他的靈魂正在發出尖嘯的幻覺。

啪！

霍啟晨一把蓋起卷宗，路浚衡就像是被人甩了一巴掌，鐵青著臉回過神，做了好幾次深呼吸才啞著嗓子開口。

「打開。」

霍啟晨張了張嘴，卻是什麼話都說不出來，手下意識地拖著卷宗往自己的方向靠近，但下一秒就被路浚衡抓住手，看著他強硬地奪過那疊文件，並再次翻開。

路浚衡就像個犯了強迫症的患者，死死盯著那幾張照片不放，略顯癲狂的眼神讓霍啟晨都有些害怕，卻又不敢出聲制止，只能任由對方一手抓著自己、一手不停翻動紙頁，直到將那一份驗屍報告徹底讀完，路浚衡才終於閉上眼。

「老王之前堅持不給我看到調查報告，說我會無法接受……他是對的。」

時隔四年，原以為早就平息的怒意，在一瞬間便復燃成熊熊大火。

被重擊後腦的許仲安並沒有當場死去，他身下那灘血漬並非均勻擴散，明顯的掙扎痕跡遍布四處，清楚地說著一件事：他不想死。

但在他垂死掙扎時，那名凶手沒有選擇補救自己犯下的錯，而是放任他在恐懼中緩緩死去，自己則忙著用彆腳的手段布置案發現場，試圖掩蓋真相。

路浚衡對那名凶手的恨意更深了，只想立刻衝進關押他的牢房，將他一拳一拳打死。

「小心！」霍啟晨驚呼一聲，眼疾手快地撐住路浚衡的身子，將他整個人往椅子上一推，才沒讓他直接跌坐在地。

人類果然是受制於情感的動物，在看著與自己沒有特殊關連的人死去時，哪怕對方的屍首被擺弄成獵奇的景象，也有辦法做到無動於衷地旁觀。

可一旦變成自己所珍愛的人，那麼多看一眼都是折磨。

路浚衡沉浸在自己的世界中，當他回過神時，才發現自己依舊抓著霍啟晨的手，一鬆開就能看見對方手腕上的掌形印痕，可想而知抓握的力道有多大。

「對不起……」愧疚感讓路浚衡暫且恢復理智，心疼地揉起霍啟晨的手，「會不會痛？對不起，我不是故意的……」

「沒事。」霍啟晨悄聲應道，努力端詳路浚衡的表情，想從中看出他真正的情緒，但眼前的男人卻恢復了以往的溫和，方才那種如同沸水翻滾的憤怒與仇恨竟消失得無影無蹤，彷彿一杯熱水在瞬間冷卻下來，又變成了無害的溫水。

但那股一點就燃的情緒，真的能夠說熄滅就熄滅嗎？

「抱歉，我應該先把那些照片收起來才對……」霍啟晨後知後覺地想到，並再次暗罵自己為什麼總是這麼不善解人意，非要等場面被搞得很難堪時，才意識到其實有更好的做法。

「抱歉什麼啦，你又沒做錯任何事。」路浚衡哭笑不得地說道，看起來心緒確實已經和緩許多，「我反而要謝謝你，不只是案子的事，還有這些東西……」

路浚衡的視線又落回那份卷宗上，語氣中透著某種頓悟般的情緒，緩緩說道：「臭老頭的事情，我一直覺得沒辦法徹底終結，好像還遺漏了一些東西，但事件的前因後果都曝光了，該死的殺人凶手也在監獄裡度過他的無期徒刑，那些被我認定是共犯的傢伙們也都受到教訓……

「明明一切都有了最合適的安排，我卻總是感覺還缺少什麼，現在終於有了答案。」

他輕拍了卷宗幾下，眼神中有著釋然。

「我還沒有徹底知曉那天發生的一切，因為我沒勇氣面對臭老頭死去的那一刻，所以不只是老王不讓我看這些東西，我自己也在逃避。現在，缺失的拼圖已經被補上，這幅畫終於完整了，我的執念也該終結了。」

聽著路浚衡的自白，霍啟晨頭一次無法將一起案件擺放在安全距離外，用理智而冷靜的目光去審視這一切。

然後他頓悟了，因為這一刻的自己，已經不是偵辦案件的警探，而是心繫著路浚衡有何感受的旁觀者……

不對，這還能算做旁觀嗎？

那不是旁觀者的自己，又是怎樣的存在？書迷？朋友？搭檔？

這問題太難了，霍啟晨再度放棄思考。

「謝謝你，你真的幫我太多了。」路浚衡抬眼凝望霍啟晨，指尖仍在輕輕撫觸他的手腕，但又在他察覺一絲不對勁前收回手，自我調侃道：「身為文字工作者，我好像應該講出更厲害、更有內涵的道謝，但我暫時想不到哈哈。我回去再補一封文情並茂的感謝信給你，親愛的霍警官。」

其實再寫一本書也不是不可以，反正《西城警事》系列遠不到完結的時候呀！路浚衡知道這話說出來會把霍啟晨嚇壞，只能吞回肚子裡自得其樂了。

「也、也不用這樣……」霍啟晨又搞不清楚對方到底是不是在開玩笑了，一臉困窘地推託，然後生硬地轉移話題道：「林睿詠再一個小時左右就會到了，我要盡快把案件內容複習一遍，看四年前的偵辦過程有沒有出什麼紕漏。你可以先看看那箱證物，有什麼特別發現再告訴我。」

「遵命，我的搭檔！不過，四年前的案子就是你查的，你怎麼可能會出紕漏嘛。」

「我又不是萬能的，而且那時候我的資歷也還很淺，經驗不足之下還是有可能犯錯。」

「我不信，你那麼棒，才不會犯錯！」

見路浚衡又開始嘻皮笑臉，霍啟晨面露不悅地撇撇嘴，實際上卻是放下心中大石，因為他知道自己暫時不用想辦法鼓勵對方振作了，路浚衡看起來就是非常擅長自我調節的人。

但他仍然忍不住會想，要是自己能更貼心一點，或許就能替他分擔痛苦與悲傷……

在自己徬徨無助時，路浚衡總能立刻想到安撫人的辦法，讓霍啟晨深刻感受到自己並非孤軍奮戰。

但換作路浚衡陷入困境時，他卻束手無策。

其實我才是不及格的搭檔吧？霍啟晨有些黯然神傷地想著。

他將視線落在卷宗裡的文件上，讓自己進入熟悉且擅長的領域，而不是繼續在自己做不好的事情上兀自神傷。

然後，他很快就從那遙久的記錄中，察覺一絲蹊蹺。

「我當年……好像真的遺漏了什麼。」

# Chapter 17 你已經在這麼做了

林睿詠按照指示將車停入訪客停車格，就像每個普通老百姓一樣，平時根本不會出入警察機關，甚至有些敬而遠之，如今卻要以協助調查的名義前來接受警方問話，於是緊張得冷汗直流。

「我又沒做錯事，緊張個屁啊？只是普通的問話，普通的……」

車子已經熄火，但林睿詠還呆坐在駕駛座上，自言自語半晌才收拾好亂七八糟的心情，下車往分局大門走去。

不知道是不是錯覺，他總感覺在門口站崗的那位員警不時把視線掃到他身上，但又很快看向別處，似乎只是盡忠職守地在警界周圍的情況而已。

又一次在心中告誡自己別像個被害妄想症的病人，林睿詠走經過那名員警，在接待櫃台處確認完身分，才得以獲准進入。

林睿詠一踏進辦公區，耳邊就響起一連串吵雜的聲響，放眼望去能看到不少警探在座位間走來走去，或是拿著文件高聲討論、或是抓著電話筒朝對面的人嘶吼，熱鬧得像個菜市場一樣。

「看什麼看！」

一個雙手被銬在背後、長相凶狠的壯漢在經過林睿詠面前時吼了一聲，把後者嚇得倒退數步，生怕自己挨上對方一拳可能就會直接暈死倒地。

啪！

走在那名壯漢身後的警探伸手，一巴掌搧在那顆刺著鬼臉圖騰的光頭上，把人打得嗷嗷直叫。

「走快點，老子要下班了！」那名警探的口氣比壯漢還凶惡。

林睿詠一臉無助地站在門邊，完全不敢開口詢問自己現在應該去哪裡，直到看見從走廊底拐出來的身影筆直地朝自己走來。

那是一名戴著口罩的男子，身披一件款式常見的機車皮夾克，配上素色的T恤、牛仔褲和短軍靴，扮相頗為樸素，但放在這亂糟糟的場景中，反而顯得特別乾淨俐落。

從他露出的眉眼能看出，他應該比周圍的警探們都要年輕，但身上的氣勢卻一點也不弱，走起路似乎都帶著一股勁風，神情更是冷漠中夾著一絲尖銳，整個人猶如一把行走的利刃，而其他人就像是被這把利刃劃開的血肉，會在他路過時讓開道路，有的還會乾脆停下交談，等他走遠後才繼續交頭接耳。

但林睿詠總感覺，其他人看著男子的眼神並不是畏懼，或者該說只有一點點的畏懼，更多的似乎是……抗拒？

他是這群人的頭領，還是被孤立者？

「唉，老毛病又犯了……」林睿詠小聲嘀咕，多年前擔任輔導老師的經驗，讓他養成了一種奇怪的習慣，喜歡觀察某人與周圍人群的互動關係，去揣測他在這個團體中扮演怎樣的角色。

沒經歷過的人應該很難想像，一群孩子也能牽扯出複雜度不輸成人的社交生態，而在這種生態中的不適者，通常也會遭遇相當嚴酷的經歷，甚至留下需要用一生來治癒的心理陰影。

遇上這種情況，輔導老師的工作就變得猶為關鍵，一旦處置不當，反而會造成更嚴重的後果。

不過，那也都是好多年前的事了，對如今的林睿詠來說，那已經不是他需要關注的問題。

反正他曾經擁有的那些專業能力，早就沒了用武之地。

在他思緒飄遠之際，男子已經走到他面前，卻沒開口招呼，而是盯著他的臉，不曉得是不是在確認長相，直接到有些失禮的眼神讓被盯著的人都侷促不已。

「跟我來。」

「啊、啊？好的……」

林睿詠慌忙跟在對方身後，然後才想起來自己是不是應該先確認一下，這位就是聯繫他來警局的霍警官？

回想起電話裡那道冷漠又霸道的嗓音，林睿詠覺得應該就是同一個人沒錯。

「咦？這裡是……」林睿詠在踏入房間時，才後知後覺地發現情況不太對勁，但不等他追問，年輕的警探已經伸手將門用力關上，並用銳利的眼神逼迫他坐進椅子裡。

沒有坐墊的鐵椅十分冰涼且堅硬，坐起來相當不舒服，不過這房間裡的一切設計，本來就是為了讓在裡面的人感受到全方位的不適。

冰冷的鐵製桌椅、慘白的光源、陰影蟄伏的角落、巨大悚人的單向窗……最後是彷彿會掏出工具對人行刑的可怕警探。

偵訊室裡沒有任何一樣事物，能讓進入的人感到安心舒適，因為在這裡，警探們只想用最高效的手段讓嫌犯認罪，可不會讓人有賓至如歸、舒服到不想離開的體驗。

林睿詠終於意識到，自己可能對這份「邀約」有所誤會，因為直接把人帶進偵訊室的做法，顯然說明這位霍警官是把他當嫌疑人，而非協助辦案的民眾，普通的詢問也變成了目的明確的偵訊。

「霍警官，對吧？那個……是不是有什麼誤會？請問我做錯什麼了嗎？為什麼帶我來偵訊室呢？」林睿詠見霍啟晨也不說話，就是擺弄著桌上的證物箱，只能硬著頭皮打破沉默，但又努力控制詢問的語氣，生怕激怒對方，讓事情發展更為不利。

霍啟晨這時才像是想起房間裡還有第二個人，但又不在意這個人是誰，頭也不抬地說道：「說明一下你在閱穹出版社裡的工作內容。」

「工、工作內容？呃……」林睿詠被問得措手不及，但好在這問題並不難回答，於是小心翼翼地應道：「主要是幫忙管理作者的個人網頁、回覆和整理讀者留言。主管最近會讓我提看看有沒有合適的行銷企畫，但我現在還不是正職，企畫提了通常也不會被採用，就算是在做練習……」

「所以你的工作和路老師沒有關聯是嗎？」

「對，路老師的部分不是我負責的……」

林睿詠說完後，又猶豫了一下才補充道：「不過這幾天因為那個、那個凶殺案的關係，

路老師那邊的客服壓力比較大，主管有臨時分派我過去支援。但我也不是做什麼太關鍵的工作，就只是幫忙回覆一些比較簡單的留言或私訊，盡量縮短客服的等待時間而已。」

霍啟晨點點頭，終於捨得把視線從那堆證物中抬起，淡漠地問道：「那再說明一下，四年前你在新欣中學的工作內容。」

一瞬間，林睿詠的臉色大變，眼神變得戒慎惶恐，嘴上還試圖裝傻道：「你、你在說什麼？什麼新欣中學……」

「只是四年前的就職資訊而已，又不是四十年前，你為什麼覺得我會查不到？」霍啟晨用指節輕敲著桌面，隨著敲擊聲一字一句道：「我再問一遍，你四年前在新欣中學的工作內容是什麼。」

但這分明不是問句，而是命令。

林睿詠感覺自己彷彿被一頭猛虎盯上，那雙澄澈到幾乎可以看見自己倒影的黑眸，此刻正散發著令人膽戰的銳意，讓他只能戰戰兢兢地應道：「輔導老師……我、我之前在新欣中學當輔導老師……」

「那怎麼沒繼續當了？你的教師證沒有過期，但這些年都沒有在任何學校任職過，為什麼？」

這是明知故問！林睿詠雖然想這麼大罵，可一股潛藏在心底數年的恐懼與愧疚感悄然甦醒，開始一口一口啃噬著他，讓他痛苦得渾身顫抖，結巴著應道：「發現我其實不、不適合這一行，就離、離職了……沒什麼大不了的……」

「那你和已故的許仲安老師是什麼關係？和入獄的葉志軍又是什麼關係？你任職的時候有沒有輔導過名叫唐貽潔的女學生？」

當熟悉的名字一個個鑽入耳裡，林睿詠終於情緒崩潰地喊道：「不知道！我不知道！我跟他們都沒關係！我什麼都不知道！」

霍啟晨的眉尾挑起，抱著雙臂向後靠在椅背上，看似閒適地繼續追問道：「什麼都不知道？所以你連自己是離職還是被開除都搞不清楚？還是你覺得你一樣能在這種事情上欺騙我？」

一份被攤開的卷宗滑到林睿詠面前，霍啟晨什麼也沒說，就只是伸出雙指點了點文件上的落款處——

**案件偵辦人：霍啟晨**

林睿詠瞠目結舌地看著那份偵查報告書，不管是時間戳記或是紙張本身那副泛黃褪色的狀態，都證明這是四年前的事物，也表示眼前這名身為案件偵辦人的警官是最瞭解案情的人，不可能在他面前編造任何謊言。

巨大的恐懼席捲而來，林睿詠逃避似的反問道：「這、這跟現在的案子有什麼關係……我不懂你一直問這些幹麼……不要再問了、不要再問了……」

話尾已經成了略帶歇斯底里的自言自語，林睿詠不斷搖著頭，整個人好像進入了恍惚狀態，開始封閉自己的感官，拒絕接受任何新的刺激。

霍啟晨也不管林睿詠的異狀，慢條斯理地說道：「我向出版社的人確認過你的入職經歷，你是由其他外包的兼職人員介紹過來的，原本就只是在業務較為繁忙的時期做為臨時人力補充罷了，是因為接案的狀況還滿穩定，主管又喜歡你的配合度，才考慮讓你轉為正職。所以如果要說你只是意外進了路老師所在的出版社，而非特意為他而來，這點我勉強能信。

「但有沒有一種可能，是你在任職期間發現了一個很好的復仇機會，於是策劃了這一連串的凶殺案，並引導輿論攻擊路老師，讓他身敗名裂，寫作生涯就此中斷……」

霍啟晨身子前傾，上半身支在桌面上，雙眸凝視著神情癲狂的林睿詠，沉聲說道：

「就像他當年對你做過的事一樣，你想向他復仇，讓他也嚐嚐絕望的滋味！」

當年的事如果從林睿詠的角度來看，真的就是一場無妄之災，因為他根本什麼都沒做，只是因為和凶手葉志軍是同期入職，就被路浚衡一同掃進「處刑名單」中，當場丟了工作就罷，花了數年時間才得到的教師資格也就此作廢，一輩子與教育事業徹底絕緣。

而他這四年來的日子也過得不太順遂，新欣中學爆出這樣的醜聞，相關人士的名單也被公布出去，他因此被親朋好友敵視，幾乎到了眾叛親離的地步，所有人都與他保持距離，生怕自己跟一個凶殺案的共犯、誘姦學生的狼師同夥產生關聯。

他在求職路上更是坎坷，想進入比較正規的公司行號當正式職員，就會被追問履歷上的疑點，然後理所當然地喪失入職機會，最後就只能做些論件計酬的零工，過著收入相當不穩定的生活。

要不是出版社的公關部主管在考慮要不要幫他轉正，他其實已經計畫著要搬離范西，在遙遠的他鄉尋找新生活的機會。

路浚衡輕易地毀了他的人生，只因為一個莫須有的罪名。

這樣的滔天大仇，怎可能輕易放下？

所以這一次，換他拿起屠刀，將被害人殘忍地殺死後，再指著路浚衡道：「這些人會

死，都是你的錯！」

換路浚衡也體會一下被打入冤獄的滋味如何。

真是充滿詩意的復仇啊……

「我沒有！我什麼都不知道！我是無辜的！我是無辜的！」

林睿詠尖叫著從位子上彈起，霍啟晨也立刻起身擋住出口，以防嫌犯從偵訊室逃脫。但出乎他預料的是，林睿詠並沒有竄逃，而是往反方向衝去，抱著腦袋鑽入角落，蹲在地上不停重複喊著「我是無辜的！」，崩潰的精神狀態令人擔憂。

單向窗後驀地響起清脆的敲擊聲，應該是在詢問霍啟晨需不需要幫助，但他抬手朝窗戶揮了揮，拒絕對方的提議，自己又上前拎起林睿詠的領子，把人揪回椅子上坐好。

審訊出現了意料之外的偏差，但霍啟晨並未因此感到慌亂，只是在腦中迅速統整好眼下的情況，並有了另一種新的推論。

林睿詠絕對不是無辜的，但他犯下的過錯，究竟是什麼？

四年前的案子，到底還有什麼祕密未被揭發？

霍啟晨也坐回椅子上，看似在對林睿詠講述，又像是在對另一個正在聆聽這場偵訊的人說道：「四年前的我在處理這個案子時，其實有點心虛，因為它牽扯出的問題比我料想的還多，辦到最後我幾乎是疲於奔命，已經搞不清楚自己應該要做什麼，全憑局長在我身後一步步指揮，我才能順利將案子終結。

「對那時的我來說，被害人就只有許老師一個，我替他的死找出真相，這樣應該就足夠了，但現在回頭一看才發現，我忽略了另一名受害者，也忽略了藏在她背後的故事。」

霍啟晨翻開了卷宗裡的另一份文件，上面寫著那名遭受狼師誘姦而懷孕的女學生最後受到什麼安排。只是文件裡沒有她的照片、也沒有記錄她被社會局安置後的明確訊息，僅曉得她改名換姓後，和姊姊一起搬離范西，在他處開始新的人生。

四年前，在抓捕潛逃的葉志軍後，一同被找到的唐貽潔便在王秉華的安排下轉介給其他刑案組和社會局的人負責，霍啟晨甚至只在逮捕葉志軍那天看見那名少女一次，之後就再也沒接觸過她。

因為案件脈絡明確、證據確鑿，加上有人在刻意加速審判過程，葉志軍很快就以無期徒刑、不得上訴的狀態入獄。

至於這時的霍啟晨，早就沒功夫管這些了，正被大量內部調查部門砸下來的工作拖死，每天都在揭發因前輩們失職所造成的冤案，忙得暈頭轉向。

後來新欣中學的事情，還是王秉華轉述給他聽的，他除了詫異一下這連鎖效應真是大得驚人以外，就沒有過多關注了，路浚衡是幕後主使的事情，他同樣不曉得。

「我今天其實是第一次讀到社會局給唐貽潔做的筆錄，裡面有一段記錄引起我的注意。」霍啟晨指著那幾行文字，也不管林睿詠的注意力到底放在哪裡，逕自說道：「唐貽潔的姊姊說，她曾建議妹妹去輔導室尋求協助，但妹妹一口回絕，說『去了也沒有用』，所以最後姊妹倆才轉而求助許老師。」

這段話裡的關鍵字終於將林睿詠從個人世界中拖出，就見他一臉崩潰地看著霍啟晨，不斷搖頭說道：「不關我的事！這不是我的錯！我什麼都不知道！」

這樣的反應更加證明霍啟晨的猜測沒錯，就聽他忽然問道：「林先生，你的車牌號碼是多少？」

「什、什麼？」林睿詠似乎被這個牛頭不對馬嘴的問題砸得清醒了一點，但不等他回應，又一樣東西滑到他面前。

只見文件上貼著好幾張證物的照片，其中一張拍了葉志軍被逮捕時的隨身物品，下面的文字敘述則補充說明都搜出了什麼物品。

列表中有一項是「手寫停車費收據」，還附註了收據上寫有「金額：60元」以及「車牌號碼：XX-XXXX」。

林睿詠僵住了，冷汗從他額際一滴滴滑落。

「身為一個『什麼都不知道』的人，為什麼你的車子會變成葉志軍的逃亡工具？又為什麼在他入獄後回到你手上？你剛剛就是開它過來第一分局的吧？牌照記錄一樣是我打個電話就能查到的東西，可別跟我胡扯這是你買的二手車，不知道上任車主是誰這種鬼話。」

當環環相扣的推理與證據都放到眼前時，林睿詠再也無法置身事外，可他卻還是倔強地喊道：「我就只是把車子借給他而已，其他的事情我都不知道！」

「你還要自欺欺人到什麼時候！」

霍啟晨拍桌怒罵道：「許老師在七月十五日遭到殺害，葉志軍的家人也說他當天就沒回過家，但高速公路上的監視器記錄裡，他卻是十八號才開車帶著唐貽潔離開范西，跑到萬寧市的婦科診所進行墮胎手術，他在范西市躲藏的那幾天，是不是你收留他的！

「好，就算你堅稱你沒有窩藏犯人，但警局在十七號就發出唐貽潔遭綁架的警報，並對葉志軍發出通緝，整個范西市的新聞台都在放送他們兩人的照片，你告訴我一個挾持未成年少女的殺人犯上門跟你借車子，你都沒想過要報案嗎！」

霍啟晨一邊指著唐貽潔的筆錄一邊罵道：「如果唐貽潔當時不肯配合墮胎，你覺得葉志軍還會留她一命嗎？你所謂的『什麼都不知道』差點害死她和她肚子裡的孩子，事後還

能裝做什麼事都沒發生，把被棄置的車子找回來繼續開，別說是不配當個老師，你甚至不配當個人！」

當時要不是那家診所的警惕度高、道德意識也高，假意配合狼師，準備替少女進行墮胎手術，實際上立刻報警處置，霍啟晨也來不及趕在另一起憾事發生前抓到葉志軍。

就算林睿詠因為害怕而不敢拒絕葉志軍出借車子的要求，但事後為什麼還要替對方隱瞞行蹤？

這不是「共犯」，什麼才是？

如此想來，唐貽潔之所以會對姊姊說，去了輔導室也沒有用，肯定是因為她知道自己的求救信號可能被林睿詠隱藏，才會對輔導室徹底喪失信任，轉而求助許仲安。

一切就這麼串聯了起來，正如路湲衡所說的，拼圖終於完整了。

四年前，路湲衡那復仇的利刃砍下去，還真的沒有砍錯，林睿詠也是必須為許仲安之死付出代價的人。

「我什麼都沒做！那都是葉志軍幹的好事，跟我沒關係！我是無辜的！我是無辜的啊啊啊！」

林睿詠瘋了。

這些年來，他越告訴自己「我是無辜的」，他內心所累積的愧疚與恐懼就越強烈，直到這一刻被霍啟晨徹底挖出真相時，那些隱藏的骯髒事物無所遁形，早已扭曲的心理狀態也跟著崩潰。

但霍啟晨只是冷眼看著這一幕，毫不留情地說道：「別想裝瘋賣傻，四年前我沒注意到你也參與了誘姦學生的罪行，但現在不同了，我會查到底，把你想否認的、想隱瞞的罪惡通通挖出來。」

檢察官在質詢葉志軍時，有從一些蛛絲馬跡中推斷出，唐貽潔很可能不是他唯一的受害者，新欣中學裡還有其他被他侵犯過的學生。

但檢方苦於沒有實質證據，加上這種性侵案的受害者時常選擇隱匿自身經歷、默默承受一輩子也好不了的創傷，所以最後的判決是以殺人罪定讞，性侵罪的部分處理得有些虎頭蛇尾。

霍啟晨當然不會去怪唐貽潔怎麼沒把林睿詠供出來，對一名劫後餘生的少女來說，這些披著教師外皮的牲畜傷她太深，或許連好好活下去對她來說都是件不容易的事，讓她去回憶這些人的所作所為並站出來指認，無疑是讓她再走一次她一人的煉獄。

她不該再遭受這樣的痛苦。

如今逮到林睿詠這個扮作無辜者的共犯，遲來的正義將有機會被執行。

霍啟晨盯著林睿詠震顫不止的雙瞳，沉聲宣告——

「我會證明你什麼都知道，送你去和葉志軍當永遠的好獄友。」

「不、不！我是無辜的！我——」

砰！

霍啟晨甩上偵訊室的門，低頭看著抱在懷裡的證物箱，思索幾秒後轉身走入偵訊室旁的隔間，一眼就看見正倚著單向窗沉思的路浚衡。

「他不是凶手。」雖然還沒核實林睿詠在兩起凶案的不在場證明，但霍啟晨已經能肯定他和模仿案並沒有關係。

林睿詠不是屠夫，但他總是做出錯誤的選擇，卻又不認為那是自己的錯，因為他「什麼都不知道」。

這只是個不願面對真相的懦夫，甚至連仇恨別人的勇氣都沒有，只敢躲在自己編織出來的假象中，以為假的東西說久了就會變成真的，該負的責任也會煙消雲散。

「嗯，我們搞錯方向了。」路浚衡看著獨自在偵訊室裡哭嚎的林睿詠，嘴角竟然帶著一絲笑意，「但能逮到這隻漏網之魚，實在太讓人心情愉悅了，所以也不算白做工。」

霍啟晨同樣在看林睿詠，兩人就像是在一起觀賞一部內容荒誕、角色發瘋的詭異電影，還有閒情逸致討論起電影中的細節。

「我有點好奇，為什麼『那傢伙』這些年來沒把林睿詠這個共犯供出來？可別告訴我，這種殺人又性侵未成年的敗類，會有什麼道義可言，不願意把協助他逃亡的『好兄弟』拉下水。」

霍啟晨早注意到路浚衡始終不願意說出那人的名字，便順應他，一樣用代稱說道：「因為對『那傢伙』來說，他始終認為自己並沒有誘姦任何人，他只是在經歷一段段正常的感情關係。他是在和學生談戀愛，而不是在侵犯他們，那怎麼還會有所謂的『共犯』？

「他要是把林睿詠拉下水，不就是在承認自己不只性侵學生，還找了個『好兄弟』埋伏在學校輔導室裡替他收拾爛攤子嗎？」

霍啟晨雖然沒有全程參與檢方的質詢，但他能靠質詢記錄及判決書對葉志軍做出一個籠統的犯罪側寫，所以多少能夠揣測出他部分行為背後的心理活動。

當然，這不是四年前的他能做到的事，也是這些年來累積的辦案經驗，讓他能做出這樣的判斷。

「無論怎麼說，你又靠著你的敏銳與堅毅挖掘出潛藏的罪惡，你真的是我的超級偶像

「啊，霍警官。」路浚衡笑迷迷地說道，這回在湊近霍啟晨時，後者已經沒有退後的衝動，而察覺這點後，他臉上的笑意更濃。

「我只是……努力做好我的工作。」霍啟晨感覺自己一直在重複同樣的說詞，有點心累，只能話鋒一轉，撇開話題道：「這些證物裡，有一部分算是許老師的遺物，如果你想要的話，你可以把它們帶走。」

路浚衡身子一僵，笑容也卡在臉上，變成了不敢置信的表情。

「按照一般流程，結案後這些遺物就會歸還給家屬，只是許老師沒有近親，也沒有人試著來申請領回，東西就這樣被擱置在證物室裡了。」霍啟晨沒注意路浚衡的表情，正一手捧著箱子、一手伸進去翻找，低著頭說道：「其實這些未被領取的遺物，一定時間後就可能被清掉，我本來以為它們已經被處理掉了，沒想到今天去調資料的時候發現東西還堆在倉庫裡，就趕緊請人一起送過來，免得真的被扔了……」

他抓起一個陳舊的證物袋，原本應是透明狀態的塑膠都有點霧化的傾向，但還能看出裡面裝著一支鋼筆。

霍啟晨還記得，鋼筆是在許仲安遺體上找到的，是頗具知名度的大品牌，筆蓋上還刻著他的名字，是獨一無二的訂製款，就放在他胸前的口袋裡。

這種顯然承載著特殊意義的物品，對親屬來說也具有非凡的紀念價值，霍啟晨相信，路浚衡應該會很希望能把它帶回去好好收藏。

「因為已經結案很久了，規定上沒那麼嚴格，你可以直接拿回去，過幾天再把相關文件補上就好，不是很急……」霍啟晨將鋼筆連同證物袋遞給路浚衡，可對方卻遲遲沒有接下，而是愣愣地望著他。

「路……路老師？」

霍啟晨這才發現，自己其實不知道該怎麼稱呼路浚衡，明明兩人已經相處好幾天了，卻因為他幾乎不會呼喚對方，而產生如此奇妙的問題。

路浚衡終於回過神，又往前踏了一步，在霍啟晨錯愕的神情中低聲說道：「我想做一件欠揍的事，你等等可以盡情地打我。」

「嗯？什麼——嗚！」

先是手中的箱子被奪走，隨後是帶著熱度的另一具軀體靠了上來，將霍啟晨徹底包圍。

路浚衡緊摟著霍啟晨，抓著對方後領的手在布料上擰出一道道皺褶，努力不讓自己的情緒潰堤，做了幾次深呼吸才抖著嗓子說道：「謝謝……謝謝你……」

霍啟晨好像這時才反應過來自己被「突襲」了，但眼前的情況和之前那個失敗的挑逗完全不同，他當然不會生氣，只是同樣有些手足無措。

他這是……需要我的安慰嗎？

「我不會打你的。」霍啟晨悄聲說道，下一秒隨即感覺抱著自己的力道變得更大，掠過耳邊的呼吸聲開始帶上顫音，似乎在強忍著哽咽。

這讓霍啟晨忽地有些心疼，並再次意識到許仲安對路浚衡究竟有多重要，哪怕是過了四年，時間也沒能帶走多少傷痛，仍舊讓路浚衡在想起這件事時，無助到要立刻向身邊的人索取慰藉。

霍啟晨的心頭湧上一股沮喪，想著要是路浚衡身邊的人不是他就好了，隨便一個人來，應該都比他更清楚該如何撫慰這名深陷悲傷的男人。

「抱歉，我不知道該說什麼才能減輕你的難過……」他愧疚地說道，而後就聽耳邊傳來一聲輕笑。

「你已經在這麼做了。」

聽著路浚衡的低語，一種無法形容的躁動在霍啟晨心口隱隱作祟，心跳和呼吸都不由自主地加快。

鬼使神差地，他抬起手環抱住路浚衡，將人往自己懷裡又帶近些許，溫熱的鼻息一次次吹過對方耳畔，彷彿是在輕撫彼此的頸窩。

霍啟晨不知道一個安慰人的擁抱應該持續多久，他只知道自己並不想鬆手。

而他隱約感覺到，路浚衡似乎也是這麼想的。

兩人就這麼站在陰暗狹小的觀察室裡，單向窗後還隱約傳來某人癲狂的哭喊，如此窘迫又荒誕的一幕卻逐漸染上一絲旖旎，彼此都不願意結束這個擁抱，只想繼續用這樣的方式感受對方的氣息與溫度，假裝一切都很正常。

但他們的關係，似乎從一開始就不太正常？

打斷他們的，是偵訊室裡的動靜。

霍啟晨雖然說要動手查清林睿詠的罪刑，但現在他手上的工作優先順序還是以模仿案為第一，其他案件可以稍稍後放或乾脆先找其他人幫忙處理，不然他就得像路浚衡說的一樣，使出分身術才有辦法應付所有業務。

林睿詠被員警帶去拘留室的路上哭得撕心裂肺，但大家也都見怪不怪了，繼續淡定地做著手上的工作，只有悄悄躲在觀察室裡的某對搭檔終止了原本的「事務」，有些不甘願地恢復應有的「工作模式」。

路浚衡放開霍啟晨，卻沒有退離太遠，依舊保持著能聽見輕聲細語的距離，拿起那支

鋼筆，悄聲說道：「臭老頭不喜歡我送他太貴重的東西，唯獨這支訂製鋼筆，我想辦法逼他收下了。我跟他說那是我用第一筆出版稿費買的禮物，他不收就是看不起我，氣得他追著我打，說我這叫情緒勒索，但他最後還是很開心地拿來用了……」

霍啟晨好像能想像出那個場景，狀似父子的許仲安與路浚衡嘻笑打鬧，場面滑稽但肯定充滿溫情，讓他不由得有些羨慕這樣的情感。

他看見路浚衡將證物袋撕開，並把那支鋼筆放進胸前的口袋裡。

「這支筆最後又回到我手上了，感覺就好像是你代替臭老頭送給我的。」

路浚衡笑了笑，眼底的悲傷盡數褪去，與他近在咫尺的霍啟晨能看見那雙眼眸中蘊含的暖意……還有自己的倒影。

「接下來要做什麼呢？我親愛的搭檔。」

霍啟晨有點承受不住那股視線，微微別過臉，卻同樣沒拉開兩人之間的距離，應道：「繼續找新的線索、挖出下一個嫌疑人，直到抓住真凶為止……辦案過程就是這麼枯燥的，路老師。」

路浚衡嘿嘿一笑，「我知道啦，這是現實辦案，不是我寫的小說嘛！」

——但沒關係，不管小說或現實，他都有一張王牌。

# Chapter 18 你今晚為什麼沒回自己家？

正如霍啟晨所言，現實的辦案過程不可能總是跌宕起伏，一個多月過去了，偵查似乎陷入了瓶頸，始終沒什麼突破性的進展，只有越來越多的疑點浮現，彷彿離真相越來越遠。

經過一系列的排查，他們已經能確定兩名死者之間毫無特殊的關連性，似乎真的就是在不對的時間去了不對的地點，而不幸成為了凶手的刀下亡魂。

這讓警方對於凶手的真正動機摸不著頭緒，與死者既沒有針對性的愛恨糾葛、也沒有因他們的死亡而獲利，似乎就只有新聞被爆出的那幾天，致使民眾恐慌了一陣子、以及路浚衡的名譽受到一些損傷，除此之外並沒有造成更多影響。

猜不透動機便難以推斷凶手的下一步棋會怎麼走，眾人也只能被淹沒在大量繁瑣的搜查作業中，一點一點剔除所有錯誤選項，直到正確答案浮出水面為止。

一切似乎都沉寂下來，有些人認為這是好事，例如對片商與劇組來說，在市政府暫且擺平了凶殺案造成的負面影響後，他們總算可以開始撿起被擱置的進度，如火如荼地展開

《西城警事：慾望殺機》的拍攝作業。

這陣子還能看到劇組人員在第一分局裡出沒，不過因為先前就有報備過劇組會在分局裡取景的事，只要不影響警探們工作，大家倒也覺得無所謂，甚至偶爾會好奇地圍觀演員們排戲，開開眼界。

但也有人認為這是暴風雨前的寧靜，例如霍啟晨和路浚衡就知道，若依照小說劇情發展，還有一名死者尚未「登場」。

在故事裡，隨著情節越發緊湊刺激，凶手也變得越激進，因為她不只要復仇，還要闡述自己的立場與觀點，讓所有人都知道到底是誰必須為她父親的死負責，並以性命償還這筆「代價」。

這讓霍啟晨和路浚衡都擔憂，現實裡這位凶手應該也是個有話要說的人，且接下來也會用更激進、更暴虐的手段來表達自我，在他說清楚自己究竟有何目的前，他是不會輕易收手的。

但他們也不能太依賴小說劇情，因為這名凶手顯然不是為了復仇而犯下這些殺人案，若一味地根據虛構的情節來決定偵查方向，只會讓自己掉入思維偏差的陷阱中，與真相背道而馳。

說不定這一切都是凶手安排好的假象，意圖誘使警方都往模仿案的方向去調查，讓所有人都在努力找尋一個模仿小說情節的瘋子時，他能悄無聲息地從大家視線的盲區脫身，等調查者意識到事情不對勁時，他早就逃之夭夭。

不過，無論是怎樣的發展，查案都是一件急不得的事，因為著急只會增加自己出現缺失或遺漏重要線索的機率，得不償失。

霍啟晨不是第一天辦案的菜鳥了，可以沉住氣繼續蒐證，但路浚衡就不行了，在偵查遲遲沒有出現新的突破口後，他先是沮喪，而後是鬆懈，如今都好幾天沒過問案件的調查進度到哪了。

對於搭檔的怠工，霍啟晨倒是不意外也不惱怒，所謂術業有專攻，讓他去寫一篇情感豐沛的故事，他可能寫個幾千字就投降了，所以他當然不會反過來要求某位大作家跟他一樣，能沉浸在乏味的偵查工作中。

這幾天，路浚衡雖然都來第一分局報到，卻不是在霍啟晨身邊幫忙，而是乾脆跑去和電影的編導小組論劇本，算是回歸他的老本行。

霍啟晨對此也沒意見，反而覺得路浚衡有自己的事能做才好，整天在他身邊當個端茶倒水的小雜工，實在太過委屈，也太浪費時間了。

有關他們這對搭檔的新分工模式，霍啟晨大致上沒什麼可抱怨的，除了……

「啊，我點的外賣終於送來了！謝謝啦！你辛苦了，這個給你吃！」

會客室裡，路浚衡接過散發著食物香氣的袋子，看著面前這位幫他領餐領到滿肚子怨氣的年輕員警，笑著從袋子裡拿出其中一份餐點遞回去，這就輕易化解了對方的不滿，領餐服務再次續費成功。

小沙發上的霍啟晨立刻從檢驗報告中抬起頭，開始研究路浚衡這回又準備了什麼他沒見識過的美食，心裡已經躍躍欲試。

在這段時間的洗禮下，他已經習慣路浚衡這種沉迷於餵食搭檔的行為，都不需要路浚衡特別提醒，他便會自動自發地放下手上的工作，拿走其中一份餐點開始進食，只要記得事後給出一份評價，讓他家搭檔可以記錄他的飲食習慣就行。

但這一次他才剛伸出手，耳邊就傳來一道滿是羨慕的嗓音，說道：「路老師你又買東西給霍警官吃了，為什麼我就沒有呢？我工作也很辛苦啊，我覺得我值得一頓美食作為犒勞！」

霍啟晨動作一頓，回頭看著出沒次數越來越頻繁的倪疏，心中便感到一絲惱火，可罵人的話到了嘴邊卻又吐不出來，最後還是選擇默默吞回肚子裡。

身為飾演男主角的演員，倪疏肯定會出現在大多數的電影畫面中，所以每次劇組在分局取景，也必然有他的存在。

這傢伙甚至還會在拍攝時間以外的空檔跑來觀摩霍啟晨工作，理由就如他先前說的，全是為了更好地揣摩角色原型。

霍啟晨不知道倪疏說的到底是真是假，但至少對方的確沒有擾亂他的工作，頂多就是每次過來時會問一下他今天要做什麼，之後就會默默地坐在角落看他做事，絕不出聲叨擾，直到霍啟晨下班為止，他才會跟著結束今日份的觀摩，然後過幾天又重複一樣的流程。

這明明是件很無趣的事，他卻沒有透出任何厭煩之意，似乎還很樂在其中。

被人盯著的感覺其實非常糟糕，只不過霍啟晨是個一旦進入狀態就會遺忘周遭事物的工作狂，通常很快就會無視倪疏的關注，一頭撲進工作中，自動排除外界一切干擾。

這讓霍啟晨事後想想也覺得，他好像沒理由對倪疏生氣，畢竟對方只是認真在看待自己的演藝工作，更沒有礙到他查案，倒是比當初某位硬要和他當搭檔的顧問要乖巧多了。

但他總是有股說不出的煩躁感，在看到倪疏時就會變得越發強烈。

聽到倪疏的問話，路浚衡都還來不及回應，霍啟晨就搶先一步說道：「你想吃就拿去，反正我不餓。」

這話一出，三人之間的氣氛瞬間凝結，路浚衡率先反應過來，笑道：「啊，是我考慮不周，下次要訂下午茶我一定點倪疏你的份！」

他說著便把食物推到霍啟晨面前，但後者這回好像是鐵了心要拒絕，裝作沒看到的樣子，拿起自己的資料轉頭就走，留給另外兩人一地的尷尬。

霍啟晨走了幾步就有點後悔，因為他發現自己根本就是在胡亂遷怒，不管是路浚衡或倪疏都沒做錯任何事，卻要受他這股莫名其妙的氣，正想回頭道歉，就聽倪疏說道：「路老師別難過，可能霍警官正好不喜歡吃這個，那這便宜就先讓我占啦，謝謝招待！」

「……啊？好啊，你喜歡的話就多吃點。是說，我以為你們當藝人的都要做嚴格的飲食管理，所以買點心的時候就沒想到要把你算進來，真是不好意思！下次，下次一定算你的份！」

「噢，我確實不能亂吃東西，長胖了會被導演罵的，但Andy哥不在，只要路老師你幫我保密就沒問題了哦。」

「欸？還可以這樣的嗎？搞得我好有罪惡感哦哈哈哈……」

霍啟晨沒繼續聽下去，而是加快離去的腳步，感覺自己就像是在落荒而逃般，走得狼狽至極。

又是那種該死的焦躁感，為什麼會強烈得像是要衝破胸膛？

霍啟晨回到自己的位置上，難得在同事環繞的辦公室裡主動拿下口罩，但這似乎沒讓他變得舒服一點，那種彷彿有一口氣被哽住，怎樣都喘不上來的感覺依舊在心口處作祟，令人無比煩躁。

叩、叩。

指節在屏風上敲擊的聲音將霍啟晨的思緒拉回，他抬頭就看到倪疏居然站在他的座位前，笑著晃了晃手上的小餐盒，說道：「路老師把他那份留給你了，不管喜不喜歡，好歹收下吧，畢竟是人家的一份心意。」

霍啟晨眉宇微蹙，很想說一句「關你什麼事」，但最後還是選擇點點頭，淡漠地說道：「我知道了，你放著吧。」

倪疏將小餐盒輕輕放在霍啟晨桌上，忽地勾起嘴角，笑道：「原來束光警探也是會『吃醋』的嗎？有趣……」

霍啟晨心緒一緊，板著臉故作冷漠地道：「你打擾到我了，請離開。」

面對驅趕，好心來送餐的倪疏也沒生氣，反而又故意往前踏了一步，雙手拄著桌面，身子往霍啟晨湊近，在對方出聲喝止前就停住動作，用只有兩人聽得到的嗓音低語道：

「你知道我花了多少時間在觀察你嗎？已經超過五十個小時囉。有趣的是，這五十多個小時裡，路老師和你同框的畫面至少占據了三分之二的時間。這讓我偶爾都有點搞不清楚，我到底是在看你，還是在看路老師？」

霍啟晨的指尖微微顫抖，很想將口罩戴上，但又覺得那樣的動作過於刻意，不想在倪疏面前顯得慌慌張張的，便沉聲說道：「你到底想表達什麼？」

「你有聽過一種說法嗎？作品是作者的心理投射，無論是有意或無意，作者會將自己的思想、執念、慾望、期待等等，融入自己的作品中，所以如果仔細去剖析一部作品，就有機會能觸及作者內心的最深之處。」

倪疏忽然說起了狀似毫無關聯的話題，但又在霍啟晨催促前自行解答道：「我不曉得其他讀者是什麼感受，但我自己在讀《西城警事》時，我能感覺作者的『語氣』並不是將自己帶入東光這個男主角，反而更像是個旁觀者，用帶著崇敬與喜愛的眼神仰望著東光，將他的故事一字一句描述出來……那態度很虔誠，彷彿一個在記錄偶像生平事蹟的忠實粉絲。」

這一瞬間，霍啟晨的內心五味雜陳，因為他很想同意倪疏說的話，想告訴他自己在讀這套書的時候，也有一樣的感受，可一想到和自己有相同見解的人居然是倪疏，心情便又煩躁起來。

「所以，假如這些書都是路老師的心理投射，那我讀到的，就是他對『某人』的崇敬與喜愛囉？」

雖然用了代稱，但倪疏的眼神裡早就寫著正確答案為何。

「就說了，我不是束光！」

霍啟晨忍不住高聲反駁，倪疏卻是笑應道：「我知道你不是啊，因為觀察你越久，就越能發現，你其實和束光警探差很多。也難怪幾乎沒有人會把你們聯想在一起？要不是路老師自己承認的話，大家應該猜不到你是角色原型。」

聞言，霍啟晨的臉色一點一點沉了下去。

他和那個角色相差很多，這一點他自己也一直是這麼認定的，但為什麼被別人說破時，心情卻會如此糟糕？

身為罪魁禍首的倪疏緊盯著霍啟晨的表情，像是連這一刻都還在進行他的觀摩作業，半晌後才笑瞇起眼，開口道：「別生氣，我其實是想說，就算你跟束光差很多，但這套書是路老師為你而寫的，這點並不會改變……」

他身子後撤，一步步走出隔間，轉身時留給霍啟晨一個充滿玩味的反問。

「我覺得這個舉動還挺浪漫的，好令人羨慕啊，你說呢？」

等霍啟晨回過神時，倪疏早就走得不見人影了，但他也沒心思繼續關注對方，而是將視線落在眼前的小餐盒上，猶豫幾秒後終於將它打開。

濃郁的蘋果與肉桂香氣立刻蔓延出來，盒子裡盛放的是一塊用起酥皮疊成小方包造型的蘋果派，烤至金黃的派皮上撒著糖粉，能隱約從切開的縫隙處看到晶亮剔透的果肉，賣相與氣味都是無可挑剔，令人食指大動。

霍啟晨其實不知道自己有什麼口味偏好，因為他很少花時間去注意這種事，食物對他而言就是有營養、能吃飽便足夠，並不在乎味道的好壞。

所以當路浚衡有些詫異地告訴他，他其實是個喜歡吃甜食的傢伙時，他本人才是最驚訝的那個。

這份蘋果派不只看起來超好吃，放入口中也沒令人失望，霍啟晨要求自己必須細嚼慢嚥，好好品嘗每一塊果肉與酥皮，仔細享用完這份完美符合自己口味的點心後，才起身走出隔間，開始尋找那人的身影。

他在會議室裡，看到了正在跟編劇吵架的路浚衡。

劇組在分局取景時，偶爾會借用他們的會議室，所以大家都不是第一次看見路浚衡在裡面大呼小叫。

霍啟晨也覺得這情況頗有意思，因為有時能看見路浚衡和編劇組的人彷彿是相見恨晚的知己，聊得不亦樂乎；有時候又會看見他們像是彼此的仇敵，為了一句台詞可以吵得臉紅脖子粗，就差沒當場在分局裡鬥毆，然後一起被送進拘留室反省。

尤其路浚衡又是個激動時容易手舞足蹈的人，所以大家時常能看見這位路顧問在房間裡竄上跳下，有時候是太興奮、有時候則是氣急了，表現得倒是比排戲中的演員還要浮誇。

霍啟晨正猶豫著要不要敲門，那幾名編劇就先衝出會議室，離開時還在和路浚衡爭執，但罵的內容也沒人聽得懂，互相比劃著「你給我走著瞧！」的手勢，兩方人馬不歡而散。

看見站在門邊一臉茫然的霍啟晨，路浚衡霎時漾開笑容，揮手招呼他進門，歡快地道：「你怎麼來啦？啊，是不是我們又太吵了？哎呀，那幾個傢伙真的太欠罵了，動不動就想偷渡亂七八糟的原創劇情和角色進去，要是沒一幕幕把關，我真的怕他們把電影拍得面目全非！」

霍啟晨關上會議室的門，又醞釀了一下才小聲說道：「對不起，我剛剛的態度不是很好，我不該那樣對你……還有，蘋果派很好吃，我很喜歡，謝謝。」

路浚衡愣了一下才反應過來霍啟晨在說什麼，頓時有些哭笑不得，因為這對他來說就是件微不足道的小事，轉頭就忘，可對方卻用如此鄭重的態度向他道歉，反而顯得他這種不放在心上的態度有點沒心沒肺了。

「沒關係，我知道你最近壓力很大，心情不好也很正常。老王又約談你了對吧？我還是去跟他說一下好了，這樣天天催是沒用的，你真的已經很努力在調查了，不該把結案的壓力全放在你身上啊！」

霍啟晨聞言連忙搖著頭拒絕道：「不用！局長只是在做例行的工作進度彙整，並沒有催促我的意思！」

「連著三天都問同一件事的進度，那就是在催啦！那老狐狸一天到晚欺負你單純，我等一下一定要去唸他，還要跟他老婆告狀！」路浚衡忿忿不平地說著，隨即話鋒一轉，又問道：「結果倪疏把蘋果派拿給你了？我以為他是要拿回去給他家 Andy 哥吃的說。」

「嗯？不是你要他轉交給我的嗎？」

霍啟晨知道路浚衡肯定不會騙他，所以倪疏撒這種一戳就破的謊言幹麼？

「嘖嘖，倪疏這傢伙真是……嘖嘖嘖……」

聽路浚衡發出意味不明的感嘆，霍啟晨的語氣染上一絲自己都沒察覺到的急促，追問道：「倪疏怎麼了？」

「這該從何說起呢……」路浚衡指尖輕點唇瓣，措辭良久後才應道：「籠統地形容，大概就是個為了事業，什麼事都願意做的狠人？」

霍啟晨拉了張椅子坐到路浚衡身邊，以兩人如今的默契，後者立刻明白這是「說詳細一點」的意思，這就湊近了點，用八卦的語調悄聲說道：「老實說，我覺得他應該滿討厭我的，但他可以為了這個主演的身分，就超級努力討好我，努力到都有點用力過猛的感覺，仔細想想其實也是滿佩服他的。」

這份解讀似乎也能解釋倪疏方才的奇怪舉動，他顯然是看出路浚衡沒把特地準備的點心交給霍啟晨，心中略感失落，所以就替他把這件事情做了，然後氣氛本來有點僵的兩人就這麼輕易地恢復常態。

看來這八成又是一位高手班的好同學。

路浚衡這話讓霍啟晨備感詫異，又想了想倪疏對路浚衡的態度，不太肯定地道：「他……為什麼討厭你？」

難道路浚衡又犯了老毛病，隨便挑逗別人，結果激怒對方嗎？一想到這種可能，反而是霍啟晨自己先惱怒起來。

但他也說不清到底是氣路浚衡死性不改，還是……

「我覺得他滿仇富的，然後也討厭特權階級，兩者剛好都沾一點邊的我，對他來說就是個超級討厭鬼。但他的人生目標看起來，就是成為有錢有勢的特權階級，整個人簡直就是行走的矛盾大對決。」路浚衡攤著手，表情頗為無奈地說道。

「不過，他討厭或喜歡我都無所謂，我只要他把戲演好就行，其他的事我真的不在乎。事實上，他這麼積極要把握住我這個『高級資源』，把每個工作環節都做好，我反而還挺高興的呢，為此拿我的人脈幫他鋪個後路，也沒什麼大不了的。」

「但你的身家背景又不是你能決定的，因為這種事就討厭你，太不理智了。然後他還想利用這點從你身上賺取好處，實在有點過分……」霍啟晨眉頭深鎖，語氣裡帶著濃濃的譴責之意，努力想為路浚衡打抱不平，如此執著又單純的模樣，理所當然地讓某人的一顆心小鹿亂撞，悸動不已。

我搭檔怎麼可以這麼可愛？怎麼可以！而且這麼寵我也太棒了吧？

「嗚，我就知道我搭檔最疼愛我，我好幸福！」好吧，他還是說出來了。

霍啟晨好像也習慣了路浚衡種種誇張又略帶曖昧的發言，表面上不甚在意，耳根卻悄悄泛起紅暈，故作淡定地道：「那沒什麼其他的事，我就先回去了。晚上再聊。」

他才剛起身，路浚衡卻是忽地牽住他的手，歉然道：「抱歉，今天晚上有飯局，得跟一些電影的贊助商應酬，結束的時間應該會很晚。你就別等我了，下班就回家好好休息，累了就早點睡，知道嗎？反正我有你家門卡，你不用等著幫我開門。」

「跟贊助商吃飯……」霍啟晨垂下眼簾，低聲問道：「倪疏也會去嗎？」

「嗯？他嗎？會啊，主演群都會去。」

路浚衡不知道霍啟晨問這個做什麼，但不待他追問，耳邊就聽霍啟晨說道：「你家已經解除封鎖，你可以不用繼續住我這裡，這樣就不需要配合我的作息了。你今晚就回自己家住吧，早就該這樣了。」

也不過是幾天前的事情罷了，路浚衡家終於成功卸除「案發現場」的身分，他這個在別人家沙發睡了一個多月的流浪漢，也總算可以回到他的黃金單身漢之窩、甜蜜家園了。

但路浚衡卻沒有歸心似箭，反而就這樣繼續賴在霍啟晨家裡，好像已經習慣了這種同住的生活，甘願放棄加大尺寸的雙人床，去睡雙腳只能勉強伸直的沙發，如此不合裡的行徑，再怎麼遲鈍的人都能察覺他別有居心。

雖然每一步進展都推動得比以往歷經過的感情還要緩慢，但他相信，自己不會永遠睡在沙發上。

沒辦法，誰叫他把開頭給搞砸了？多花點時間補好前面踩出來的坑，後面再慢慢地、小心地前行，才是處理這段關係的最佳方式。

但他沒料到自己要賴才幾天而已，霍啟晨就決定把他掃地出門，讓他一時不知道是自己那充滿齷齪妄想的小心思被識破了、還是這位屋主只是單純想回歸獨居生活所以嫌他煩了、又或者是他想都沒想到的理由所造成……

霍啟晨沒給路浚衡追求正解的機會便匆匆溜走，腦海裡被一個個紛亂的想法充斥，思緒全攪亂成一團。

他想到路浚衡說倪疏很努力在討他歡心，又想到演藝圈令人詬病的「潛規則」，更想到路浚衡以往的花邊新聞……

然後，他想到倪疏口中的「羨慕」。

「如果是他，肯定比我更好吧……」霍啟晨不禁如此自問。

比他年輕、比他善解人意、比他更會討人歡心、甚至比他長得好看多了——

還能完美扮演路浚衡筆下的束光警探，簡直是讓作者的幻想成真。

傻子都知道該選誰才對。

霍啟晨閉上眼，努力想如同以前那樣，把自己不願面對的情感拋到腦後，卻發現這一回的他怎樣就是辦不到。

那個拋不開、甩不掉的情感，叫做「喜歡」。

他知道，自己已經徹底陷進去了。

◆

路浚衡步下計程車，沒有馬上走進公寓，而是到附近超商買了罐礦泉水，站在路口一邊喝、一邊醒酒，順便讓夜晚的冷風把身上的酒氣吹散些許，這才從口袋掏出門卡，刷過門禁，搭電梯上樓。

雖然好像有點在給自己找藉口的意味，但他是真的覺得今天的霍啟晨情緒不太好，或許需要他的陪伴，所以今晚還是決定不回自己家了，而是又來到了搭檔的住處。

搭檔，很微妙的一個詞彙。

他們兩個因著凶殺案調查而展開這段緊密的關係，可普通的搭檔是在工作上有所互補與協助，他們卻不同，因為老實說，單論調查工作，路浚衡能幫上霍啟晨的部分很少，連

錦上添花都算不上，就是個可有可無的「顧問」。

但在其他事情上，他能感覺霍啟晨越來越依賴他，無論是在工作上需要與同事溝通協調時，總會徵求他的意見，或是願意敞開心胸和他說一些從前只會壓抑住的情緒與想法，把他當成「朋友」來看待。

可他不希望自己只是個朋友。

和霍啟晨相處的時間越長，看見越多他隱藏在強硬外表下的脆弱，路浚衡就越心疼他、想疼愛他、徹底擁有他……

吳京的觀察很準確，自從許仲安過世後，路浚衡就沒有辦法讓自己認認真真投入一段感情關係之中。

因為那個他始終找不出來的「拼圖缺角」讓他惴惴不安，總覺得自己仍有任務得完成，他可以短暫地享樂、留下一些美好的記憶片段，但不能再更多了，過得太幸福，會讓他忘記自己還有未竟之事。

然後他漸漸忘了該怎麼專情在一人身上，更覺得這種只會享受當下、拒絕設想未來人生的做法似乎也沒什麼不好的，因為他隨時都能抽離，不需要對任何人的感情負責，也包括他自己的。

直到遇上霍啟晨，這一切才有了改變。

他始終記得那一晚，霍啟晨紅著眼喝退他，眸子裡全是憤怒與害怕，多年來所累積的仰慕與憑依全在那一瞬間破碎。

他當時很抱歉，但在逐漸瞭解霍啟晨的過往後，才發現抱歉根本不足以彌補他犯下的錯誤。

他崩毀了對方的內心世界，狠狠傷害了這個從小到大只能靠著文字與故事尋求一絲慰藉的孤獨者，把他唯一一個可以用來逃離現實的避風港都撞碎，然後只給了一句「對不起，我會改」，便覺得這樣就已經足夠。

他一直都知道自己是個滿混蛋的人，但不知道自己混蛋起來簡直就不是個人。

霍啟晨以為路浚衡一個晚上的反省就能改過自新，但事實是路浚衡每天都有新的頓悟，發現自己究竟有多糟糕，然後比昨天更努力去彌平自己造成的傷害。

也比昨天更努力守護和疼愛霍啟晨。

他很喜歡霍啟晨，真的很喜歡，但從四年前那種混雜著感激、欣喜、崇拜等情緒的紛亂心情，逐漸沉澱成純粹的愛戀。

而越是如此，他就知道自己越需要小心翼翼地接近，因為他很清楚，如果霍啟晨再受任何一次傷害，他的心就會永遠封閉，再也無人能有機會卸下他的心防——

路浚衡再也無法走進他的內心，成為一個和文字一樣，能慰藉他、陪伴他的人。

「啊，作者羨慕自己寫的角色，這是什麼扭曲的故事啊？」路浚衡有些好笑地喃喃自語，但他偶爾真的會羨慕筆下的角色們，可以成為霍啟晨的精神依託，而他這個創作者本人，反而還被擋在心門外，正努力找尋可以開門的鑰匙。

當他輕輕打開霍啟晨的家門時，映入眼簾的畫面讓他不只是羨慕，更有點嫉妒了。

如果他現在大著膽子問霍啟晨：我的人跟我寫的書，你選哪一個？

霍啟晨很可能會選擇絕對不可能傷害他、讓他失望的書。

光線昏黃的客廳裡，假壁爐中的火焰造型燈輕輕搖曳著，身形高挑的男子蜷縮在沙發上，身上只披著一條單薄的小毯子，枕著沙發抱枕靜靜沉睡。

一本已經被翻閱過無數次的《西城警事：黑市戰爭》擱在茶几上，一旁還有一本攤開的筆記本，可以看見上面註記了一些角色對白和文句，顯然是某位讀者看到喜歡的段落就忍不住抄寫下來，有空就能快速回味這些句子。

「你真是……能不能分一點喜歡到我這個作者身上啊？」路浚衡啞然失笑，悄悄湊到霍啟晨身邊席地而坐，安靜地望著他的睡顏，想著自己要將欣賞的時間控制在多久之內，才不會被當成變態？

霍啟晨確實不太會笑，甚至連一般的表情也不明顯，但他不知道的是，他的眼神其實很靈動，路浚衡總是能從他那雙黑眸裡看出種種情緒，所以就算他用口罩擋著半張臉，也不影響路浚衡解讀他當下的心緒有何變化。

因此，路浚衡在注意到霍啟晨看著倪疏的視線充滿抗拒，而且會在倪疏討好他、和他表現得比較親近時，就露出有點落寞的眼神，心中便被一股興奮與喜悅之情灌滿。

他覺得霍啟晨應該也是喜歡他的，但這喜歡的程度究竟到哪裡，他不敢猜。

他並不怕被拒絕，他只怕自己又一次過於冒進，就把霍啟晨嚇得不願意再給他任何機會。

那感覺就好像在小巷子裡遇上了一隻飢腸轆轆的流浪貓，你憐惜他，想將他帶回家好好撫養，卻不能馬上抓住他，而是要靠著一次次的餵食培養感情，讓小貓感受到你的一片好意，對你逐漸卸下防備。

從近距離的餵食、到嘗試著短暫觸碰、接著是更親密的撫觸與擁抱，最後才是將他抱回家裡，與他建立獨一無二的緊密關係，成為彼此人生中不可或缺的存在。

路浚衡覺得自己好像快可以把霍啟晨這隻小貓抱回家了，但又怕這只是他一廂情願，萬一搞錯伸手的時間，換來的可不是親暱的舔舐，而是尖銳的抓子，把他撓得鮮血直流。

自己受傷就罷，要是把小貓嚇得再也不回來這條巷子，那他們就永遠沒有機會再相見了吧？

寧靜的客廳裡，只能聽見兩人的呼吸聲，一道和緩平穩、一道有些急促紊亂，某個喝了酒卻沒有醉的人，正想著自己如果拿酒後失智當藉口做點踰矩的事，事後能被原諒的機會有多少？

「哇，我怎麼就這麼混蛋啊……」路浚衡低喃著，悄然跪坐起身子，一手撐住沙發扶手，一手搭在靠枕上，將沉睡的霍啟晨環在自己雙臂中，整個人一點一點下探，最後停在可以嗅聞到對方鼻息的距離，只差一點就能觸及那柔軟的唇瓣。

但他還是沒有親下去，因為他看見了霍啟晨眼角殘留的淚痕，想起今天在警局裡，不時從對方臉上看到的失落神情，便做不出這種雪上加霜的劣行。

他立即退開身子，輕輕替霍啟晨掖了掖薄毯，讓他整個人都有被毯子覆蓋到，這才轉身準備去浴室洗澡醒腦一下，順便澆熄那股蠢蠢欲動的邪念。

說實話，跟喜歡的對象天天住在一起，他還沒趁亂爬上對方的床，相比過往的他來說，已經算是有了飛躍性的進步了。

忽地，一連串震動聲引起他注意，他找了一圈才發現是被霍啟晨扔在餐桌上的手機，想著這通電話也響了好陣子，說不定下一秒就會掛斷，所以不假思索地接起，準備請話筒那頭的人稍等一下，讓他把正主喊醒過來接聽。

但他連一聲「喂」都來不及說，撥打者已經急匆匆地喊道：「小晨，對不起，我知道你說過不會再幫忙，但姨媽真的不知道可以找誰了！求求你幫幫霖霖吧！」

那帶著哭腔的嗓音讓路浚衡一愣，沒想過自己會在這種狀況下接觸到那位傳說中的姨媽，反應慢了幾拍，沒即時打斷對方，於是耳邊又聽到何淑淑繼續哭求道：「我今天去看了霖霖，他又受傷了，他說他的獄友要殺他！所以、所以……姨媽求你了，救救他吧！我知道你恨我、恨我們一家子，但我真的不能失去我兒子，求求你了嗚嗚嗚……」

「何淑淑！我不是告訴過妳不准打給那個混帳嗎！給老子閉嘴！」

「不、不……小晨可以救他的……不、啊——！」

匡噹！

一聲巨響自通話另一端傳來，裡面夾雜著女人驚慌失措的尖叫，隨後電話就掛掉了，剩下一連串令人不安的斷線音。

路浚衡也不管現在已經晚上十二點多，立刻拿出自己的手機打給王秉華，等對方一接通，劈頭就道：「老王，快派人去啟晨的姨媽家，可能出事了！」

這種時候，直接打給分局局長肯定比報警更快。

吵鬧聲終於把霍啟晨驚醒，他茫然地坐起身，看著不應該出現在他家的路浚衡，有點搞不清楚自己是醒著還是在作夢，耳邊就聽對方急匆匆地道：「我們快走！你姨媽出事了！」

霍啟晨瞬間清醒，根本沒追問路浚衡從哪裡得知這個訊息，急得衝到玄關，抓起車鑰匙就往外跑，甚至連鞋子都忘了穿，慢了一步出門的路浚衡也喊不動他，只好隨手抓了一雙拖鞋跟上。

等霍啟晨剛把車子開出地下停車場，路浚衡的手機又響了，來電顯示就寫著王秉華，路浚衡二話不說就按下接通與擴音鍵，分局長那沉穩的嗓音立刻在小小的車子中環繞。

「我剛要派人過去，就接到鄰居的報案通知了，說是有聽到劇烈的爭吵和摔東西的聲音，懷疑是發生家暴事件。最近的派出所已經有安排員警去察看，你叫小晨不要著急，等我通知，應該很快就有消息了。」王秉華說完又掛斷電話，想來也是忙著做調度，只是抽空先給路浚衡報個訊而已。

路浚衡鬆了一口氣，轉頭正想對霍啟晨安慰幾句，就發現車子早停在路邊，而駕駛正摀著臉趴在方向盤上，整個人都在劇烈顫抖，隱約有哭聲自縫隙間傳來，讓他拋開先前那些猶豫與矜持，直接用力摟住對方，將人按進自己懷裡。

「沒事，別自己嚇自己，阿姨會沒事的……」路浚衡貼著霍啟晨耳畔悄聲安撫，同時把方才發生的事情簡單說明一遍，也不過是幾分鐘的時間，王秉華果然又打過來了。

「徐建國被逮捕了。現場人員確認何淑淑有受傷，但沒有危及性命，現在正被送往市立醫院治療和驗傷。我已經通知了徐安湘到醫院陪護母親，你跟小晨可以直接到醫院，徐建國的事交給我處理就好。」

「謝了，老王。」

「嗯，先掛了啊。」

霍啟晨這時才從路浚衡懷裡探出頭，一臉的狼狽與羞窘，語無倫次地道：「謝謝你、我……抱歉，我剛剛……」

路浚衡伸手替霍啟晨抹去眼淚，柔聲道：「你還好嗎？還是我們叫車過去？你現在這樣子還是別開車了。」

「好……」在短短幾分鐘內歷經一場情緒的大起大落，霍啟晨頓時顯得有些呆愣，但也能勉強判斷出自己這狀態並不適合開車上路，便將車子熄火，拔了鑰匙準備下車，這才終於注意到自己沾滿髒汙的雙腳。

已經繞過來替他開門的路浚衡順著他的視線看下去，隨即蹲下身子，將他的腳放在自己曲起的腿上，就著昏暗的路燈查看幾眼便道：「你等我一下，我馬上回來。」

霍啟晨就見路浚衡小跑著進了街角的便利超商，很快便提著一袋東西出來，隨後又蹲回自己面前，將瓶裝水倒在免洗褲上，浸濕布料後小心翼翼地擦拭他的雙腳，見濕布上只有泥濘、沒有血跡，便鬆了一口氣，加快擦洗的速度，動作仔細而溫柔，沒給霍啟晨帶來任何不適。

「看起來沒受傷，不過等從醫院回來後，最好還是再仔細檢查一遍。」路浚衡翻出剛剛慌忙之下抓出門的拖鞋，結果發現自己也是急了，拿的居然是室內用的，有些尷尬地道：「不小心拿成室內拖了，還是我再回超商買雙拖鞋給你穿？」

「沒關係，穿這個就可以了。」霍啟晨小聲應道，拉著路浚衡起身，兩人一起走到路口準備攔車。

路浚衡低頭看著被緊緊牽著的手，乾脆拉起來放進自己的外套口袋中，霍啟晨也沒掙脫，兩人就這麼共享那小小口袋裡的暖意，在深夜的寒風中越靠越近，直到兩人的肩頭也貼在一起。

「你今晚為什麼沒回自己家？」霍啟晨驀地問道。

路浚衡別過臉看向霍啟晨，只見對方垂著頭，整張臉都埋在陰影之中，難以辨別他此刻究竟帶著什麼表情。

「這個嘛……你想聽實話還是謊話呢？」路浚衡的嗓音裡有著毫未掩飾的笑意。

霍啟晨聞言總算抬起臉，泛紅的雙眸裡帶著一絲嗔怪，沒好氣地道：「隨便！」

都這種時候了，還是想著要逗人！

路浚衡嘿嘿一笑，湊到霍啟晨耳邊呢喃道：「謊話就是，我習慣了，這段時間天天回你家，都有肌肉記憶了，所以應酬完就直接回到這裡，完全就是下意識的行為。我絕對不是因為想見你、想時時刻刻跟你待在一起，才特地跑到你家的哦，絕對不是。」

既然這是謊話，那實話是什麼還需要猜嗎？

霍啟晨瞬間感到鼻酸，卻又不敢去看路浚衡的臉，只是偏過頭靠在對方肩上，享受有人可以依靠的安心感。

他就算再怎麼遲鈍，此刻也能感受到路浚衡對他的特殊，那些無窮無盡的溫柔與體貼，都是鮮少展現給他人知曉的模樣，足以證明對方心裡肯定對他懷抱著不同的情感。

路浚衡應該是喜歡他的，只不過……

霍啟晨不知道這份喜愛是否又是這位藝術家的心血來潮，當自己身上的祕密都被探索

完畢時，路浚衡的「取材之旅」也會結束，不再專注於這個價值耗盡的素材。

故事總有完結之時，束光警探的角色人生也非永無止盡，等路老師找到新的謬思時，霍警官這個角色原型或許就會隨著新作品的誕生而被拋棄。

畢竟他就是個如此無用又不堪的人，他除了能給路浚衡提供一些創作靈感之外，也沒有其他價值了吧？

淚水不由自主地盈滿眼眶，霍啟晨想抬起頭，卻又被路浚衡按回原位，耳邊還能聽到他充滿柔情的安慰。

「別擔心，我會陪你。」

但能陪到什麼時候呢？

他們的搭檔關係在結案後也會結束，身為角色原型的身分也會隨著故事完結而終止。

到時候，他拿什麼當理由，讓路浚衡繼續留在自己身邊呢？

要是不曾擁有這樣的溫柔就好了——

不曾擁有，就不會理解失去時的痛苦了。

◆

「你……不進去看看嗎？」

急診室外，霍啟晨與路浚衡透過布簾縫隙看向躺在床上的女人，但遲遲沒有上前接觸，就只是在布簾外靜靜觀望著，像是不敢叨擾病床上的寧靜氛圍。

第一次見到何淑淑的路浚衡有些訝異，因為他記得霍啟晨說過，他姨媽很早就結婚生下徐安霖、徐安湘這對兄妹，所以今年都還不到五十歲，應該還是身體相當硬朗的年紀。

然而，何淑淑的外貌卻非常蒼老且瘦弱，滿布皺紋的臉與略顯佝僂的身子讓她看著像是個六、七十歲的老婦人，疲憊與憔悴似乎已經牢牢凝固在她臉上，彷彿隨時都在煩憂著什麼，連睡著時，眉頭都緊皺著，好像在做一場惡夢。

但別說是路浚衡，已經很久沒見過何淑淑的霍啟晨，也幾乎認不出這名快被生活壓垮的女人是他的姨媽，一想到這些年對方都在承受怎樣的壓力，霍啟晨原本稍有平復的心緒便又激動起來。

「我、我沒辦法……對不起、我真的沒辦法……」

霍啟晨忽然捂著胸，臉色瞬間變得一片慘白，呼吸更是急促紊亂，惹得走經過他身旁的護理師停下腳步，關心道：「先生，你還好嗎？能試著做幾次深呼吸嗎？」

路浚衡也嚇了一跳，連忙牽著霍啟晨走到牆邊的候位區坐下，在護理師的引導下幫霍啟晨調整好過快的呼吸頻率，免得他因為過度換氣而暈厥。

王秉華居然親自來處理這件事，人到得還比路浚衡他們更早，和主治醫師溝通完畢後，便面有憂色地找了過來。

急診室的主治醫師看了看手上的驗傷單，這就對面前幾人說道：「阿姨雖然沒有腦震盪，但我建議她還是住院觀察一晚再說。除此之外，我認為有必要給她安排一次完整的CT，因為我剛剛查了一下她的病歷，發現她這半年有很多次因外傷就醫的記錄。

「只是，她去的是社區型的小診所，僅針對她體表外傷進行一些處置，沒有做很詳細的檢查，診斷上也只說是普通的擦挫傷。但依我個人經歷，家暴不會是一次性事件，CT可以檢測出她這段時間有沒有較細微的骨頭損傷，能用來佐證她是否有持續遭到丈夫的暴力攻擊。」

眼見霍啟晨好像又有過度換氣要發作的徵兆，路浚衡也不管身旁還有其他人看著，直接把人摟進懷裡，代為回答道：「沒問題，醫師你覺得有什麼檢查是必要的，就通通安排起來，不用去管保險給付之類的問題，費用我會負責。」

王秉華也在一旁說道：「驗傷單開得詳細一點，我們不能輕放這種家暴案件，一定得從重處理——」

「我媽呢？我媽在哪裡！」

一道急促高亢的女聲竄入急診室，打斷了幾人的對話，就見大半夜收到警方通知的徐安湘也是一身的凌亂，平時精心吹整的秀髮都披散開來，正一臉慌張地抓著櫃檯的護理師，追問何淑淑的行蹤。

但不等其他人反應過來，霍啟晨忽地快步走到徐安湘面前，冷著臉咬牙問道：「妳知不知道這件事？」

「什、什麼？」

徐安湘被表哥這副彷彿要吞了她的表情嚇得腿軟，更聽不懂這沒頭沒尾的問句是什麼意思，一頭霧水的模樣更加激怒霍啟晨，讓他忍不住對著表妹大聲嘶吼。

「我問妳知不知道徐建國會打他老婆！我問妳知不知道妳媽被家暴！妳到底知不知道！」

整個急診室都因為霍啟晨的咆哮而靜止了幾秒，一些警覺性較強的醫護人員都默默將視線放到他身上，還有保全人員開始悄聲靠近，以防發生醫療糾紛。

「我、我不知道、嗚嗚……」徐安湘哭了出來，臉色同樣一片慘白，抽抽噎噎地說道：「老哥又、又進監獄後，老爸老媽是吵得更、更厲害了沒錯，但我不知道……嗚嗚、我真的……真的不知道……」

路浚衡直接走上前打斷這對表兄妹的爭執，對徐安湘說道：「妳先去陪妳媽，然後好好配合醫生安排的檢驗，知道嗎？」

「好！」徐安湘如釋重負，抹著臉跑向病床，隨後把布簾徹底拉上，也將令她害怕的質問與責怪全擋在外頭，拒絕面對。

霍啟晨只覺得心跳快得胸口都在抽痛，他雖然把那些問題砸在徐安湘臉上，可何嘗又不是在質問自己，為什麼會沒有察覺這麼可怕的事？

如果他能對何淑淑再多關注一些，或者跟徐建國之間的關係不要鬧得那麼僵，是不是就能預防這一切發生？

這根本就是——

「我知道你在想什麼，給我停止。這絕對不是你的錯，聽到嗎？不、是、你、的、錯！」路浚衡的嗓音將霍啟晨的思緒拉回，就聽他語帶嫌棄地說道：「一個沒事會打小孩巴掌的男人本來就不是好貨，說他會打老婆我真的一點也不意外。你可別想這要為這種人犯的錯負責，你的責任應該是送這敗類進監獄，然後跟他的獄友們大肆宣傳這是會打女人、打小孩的爛貨，看他在監獄裡還能不能靠暴力作威作福。」

霍啟晨沒有回應，半晌後忽地笑出聲來，自嘲道：「我把她老公跟兒子都送進監獄了，她肯定會恨我一輩子……這樣也好，至少她不會再想著要求我幫忙了。」

親手把何淑淑最愛的人都打入大牢，霍啟晨知道自己大概連姨媽都要失去了。

算了，反正他本來就不屬於那個家，那裡沒有人希望他留下。

「小晨啊。」王秉華上前拍了拍霍啟晨的肩膀，憂心忡忡地道：「你要不要休息一陣子？我知道你表弟的事給你不小的壓力，現在你姨媽又出事了，你要不要乾脆放一段時間的假，好好陪陪你家人？」

王秉華剛一說完這話，就見霍啟晨臉色大變，神情惶恐地說道：「局長，你是擔心我會因為這些事分心，在查案上懈怠嗎？不會的，真的不會！我保證會專注在案子上，請不要把我抽掉，我保證我會好好做的，請相信我！」

「啊，我不是這意思……」王秉華難得錯估形勢，本來想對下屬表示自己會全力支持他，沒想到卻是起了反效果，只好趕緊補救道：「小晨，你別擔心。我不會把你從任何案子裡換下來的，你一直做得很好，我相信你的能力。」

這其實怪不得王秉華，眼下大概只有路浚衡才知道霍啟晨的家務事究竟有多混亂，這個家庭問題簡直成了他一塊心病，他根本不認為自己有能力解決，居然還要他放下唯一有信心做好的工作，去面對這個無解的問題，那跟逼他去死可能也相去不遠。

驀地，路浚衡的嗓音飄來，幽幽說道：「老王，我勸你是不要想著讓啟晨放假了，接下來凶案組的人應該也都沒空放假。」

王秉華和霍啟晨面面相覷幾秒，不等他們出聲追問，路浚衡就指著牆角上掛的電視螢幕，而急診室裡也早在不知不覺間就安靜下來，不少人都把視線抬高，注視著螢幕上的畫面。

第一眼，大家只覺得眼前一片雪花，仔細一看才發現是因為大部分的畫面都被打上了馬賽克，隨著鏡頭的晃動，馬賽克的範圍還越來越大，讓觀眾懷疑這糊得什麼都看不清的畫面，到底還有什麼播放價值？

隨後就見鏡頭在搖晃之間落到一張海報上，先是《西城警事：慾望殺機》這幾個大字出現在螢幕上，隨後是一台哈雷機車與一雙男人的長腿，然後鏡頭還在繼續往上移動，最後穩穩停在男人的臉上。

倪疏那張英俊的臉就這麼停在所有人的視線中，拍攝者似乎還故意預留一段時間給觀眾記住這張臉，接著便看到一隻紅色麥克筆加入畫面，筆頭在海報上一筆一劃地寫出問句——

**敬愛的束光警探，您何時才要抓住我呢？**

# Chapter 19 套子，還有兩個

情況比一開始預想的還要嚴重。

整個第一分局的氣氛凝重不已，凶案組的人全都坐在會議室中，靜靜等待法醫上前做檢驗報告的解說。

今天的女法醫沒有濃妝豔抹，完全素顏的臉上有著深深的黑眼圈，浮腫的眼皮與泛紅的眼角顯示她不久前才哭了一番，讓眾人不禁暗嘆，原來法醫室的女暴君也會流淚。

「死者，曹昱楓，男，二十七歲……法醫鑑識組實習生。」羅瑛侑頓了頓，調整好語氣後才繼續報告道：「股動脈破裂，失血過多而死，凶器為普通菜刀，已在案發現場拾獲。預估死亡時間……」

講台下的人都全神貫注地聆聽羅瑛侑報告，不時在自己的筆記本上書寫記錄，沒有人敢打斷她的講述，直到她說得口乾舌燥，這場格外嚴肅的簡報也告一段落。

但羅瑛侑沒有立刻下台，而是用乾啞的嗓音說道：「這些臭小子來到我的法醫室，除了學習和讓我欺負之外，不應該面對這樣的危險。他們應該是站在解剖台旁邊幫我遞刀子，而不是躺在台子上讓我開膛剖肚……」

她的視線下移，落在座位第一排的霍啟晨身上，一字一句說道：「告訴我，你會抓住他。」

霍啟晨對上那雙充滿悲憤的眼眸，緩緩開口應道：「我會抓住他。」

「你最好說到做到。」

留下一句惡狠狠的告誡，羅瑛侑扭頭走下講台，腳步未停，直接邁出會議室，像是一秒鐘也不想多待，只留給眾人一道殺氣騰騰的背影。

霍啟晨不會去怪羅瑛侑遷怒於他，光是想到她得以法醫的身分替前一晚還在身邊工作的後輩進行解剖，就讓人痛苦得呼吸窒礙。

原以為沉寂下去的模仿案又在凌晨爆發了，而這一次的死者居然還是第一分局裡的員工，自己人受到傷害，讓第一分局的所有成員都憤怒至極，一個個忘了自己是執行法律與正義的警察，只想略過一切正當手段，直接把這名凶手揪出來大卸八塊。

凶手似乎還記取上一次的教訓，這回爆料給媒體時，乾脆附上自己拍攝的影片，省得記者還要想辦法闖入案發現場拍照，增加變數、搞砸他的計畫。

當時的新聞畫面之所以全是馬賽克，也是因為案發現場一次比一次更加暴力血腥，普通人看了說不定會就此留下心理陰影。

然而，也正是因為這個駭人的案發現場，讓整個案件調查往詭異的方向直衝而去。

「所以……這不是你小說裡寫的劇情，對吧？」楊志桓又讀了一遍霍啟晨交上來的報告書，翻來翻去就是沒找到任何類似的敘述，只能對路浚衡提出疑問。

先是參加了一場應酬，接著又一整夜沒有闔眼，路浚衡的臉色看起來也挺糟的，但還是耐著性子回答道：「正確的說法應該是，這不是出現在《西城警事：慾望殺機》這本小說裡的情節，但這個場景是我設計的沒錯。」

在小說裡，第三名死者是一位製造假案發現場來增加黑料可信度的法醫，陳屍地點就是自己執業的法醫解剖室，整段劇情用此來表達凶手對執法機關的不屑。

但在現實裡，死者卻是陳屍在市中心一家頗具規模的玩具店中，除了死狀悽慘之外，他身邊還有大量的布置痕跡，被一堆假槍、假血等萬聖節道具圍繞，弄得像是個滑稽劣質的假案發現場，可偏偏在其中的屍體又是真實的，整個畫面顯得既荒誕又驚悚。

除了死者的身分勉強能對應，其餘的細節可以說是一個字都對不上，讓人搞不懂凶手這一次到底還是不是在模仿？

路浚衡長嘆一聲，統整好說詞後才繼續解釋道：「啟晨的報告裡有摘錄原版的內文，我就

不多提了，我要說的是，玩具店的場景確實存在，但不是在小說裡，而是在電影版的劇本裡。

「你們現在應該都知道了，這部電影有市政府資助，主要就是為了推范西的觀光，如果按照原先的劇情去演繹，會有醜化警察機關和執法系統的疑慮，所以才會出現這個改編過的版本。」

路浚衡在小說中設計的「西河市」雖然是以范西為藍本，但故事中的西河市還處在治安混亂的階段，警察機關的形象也不全然是正面的，而考慮到電影上映後應該要推廣范西市的美好，這位原作者也只能配合著幕後大金主，將這段可能引起爭議的情節做了大幅度的修改。

至於換到了玩具店，則是因為路浚衡依舊要保留故事情節的張力與戲劇性，當年那個虛構出來的案發現場裡，連凶器都是在玩具店買的假槍，凶手當然不會放過這個充滿嘲諷意味的元素，所以決定在玩具店進行她的復仇大業。

關於創作的事，解釋起來有點複雜，但至少警探們能明白一點，就是凶手依舊是在模仿，但他選擇了電影版的劇情，而不是原作小說，這就讓案件發展變得匪夷所思起來。

為什麼要選電影版呢？

但不管凶手是出自何種理由才這麼做，對警方來說反而是件「好事」。

因為這個改編版本，就只有劇組人員知道，根本就沒有對外公開過，所以凶手一定就在這些人之中！

如今，第一分局凶案組的所有警探都把這個案子排在第一順位，有志一同地放下手邊所有工作，全力協助霍啟晨調查這個案子，所以就算是用最笨最慢的方式，遲早也能把這個凶手從劇組人員的名單裡挖出來。

讓眾人感到心煩的是，由於凶手又一次選擇大肆曝光凶案詳情，導致現在所有新聞媒體都在跟風報導這起案件，連帶著改編電影也成了人盡皆知的事——

大家都在問：束光警探，你什麼時候才能抓到這個殺人魔！

雖然在小說中，第四次謀殺案是以未遂終結，但現實中的警方怎麼可能期望凶手一定會按照劇情設定去走？

萬一他已經殺上癮了該怎麼辦？這次是改以電影版的劇情取代原作，那下次會不會變成他自己安排的原創劇情？

「情況大家都大致理解了，先按照各自分配到的名單做排查，明天早會再彙報初步的調查結果，散會吧。」王秉華結束了這場集會，但又單獨將路浚衡和霍啟晨留下，顯然有其他的事要交代給他們。

等其他人散去，王秉華劈頭就對兩人說道：「現在的輿論風向很糟，嚴重影響市民對警政機關的信心，上面要求我提出一個解決辦法，你們有什麼建議嗎？」

這問題讓霍啟晨十分茫然，想著分局長是不是太看得起自己了，他連辦公室裡的幾個下屬都引導不了，怎麼可能知道要如何操控一個城市的人的思想？

但王秉華這問題背後隱藏的意思，卻是被路浚衡聽出來了，後者立刻皺眉反問道：「你想把啟晨推出去？你是真的把他當工具人，用起來一點也不客氣啊？」

「什麼意思？」霍啟晨這才驚覺事情似乎跟自己有關連，緊張地追問道。

被識破想法的王秉華也沒否認，攤手說道：「小晨的形象跟履歷都很好，擺出來就足以安撫民眾了，這是最省時省事的做法。當然，這還是得看小晨的意願，如果他不想拋頭露面，我也不會勉強他。」

就如王秉華所言，霍啟晨這張藏在警局裡的王牌一旦亮出，告訴范西市民們這位「現實版束光警探」正在調查這起案件，應該就能暫時壓抑住大家躁動的情緒，願意再給警檢多一點調查時間，而不是懷疑完執法機關的可靠度後，就跟著陷入恐慌。

「你都這麼說了，啟晨能拒絕嗎？你知道他能為了警局做任何事。」路浚衡毫不留情地揭發王秉華的計謀，又轉頭對霍啟晨道：「絕對不要答應這隻老狐狸，也不要去擔心這件事，我會處理好的，你專心查案就可以了。」

霍啟晨的反應也不慢，搞清楚來龍去脈後，不免對路浚衡挺身維護自己的做法感動不已，順從地應道：「好，都就交給你處理，我聽你的。」

「行吧，那就先這樣，這些事情也急不得，你們兩個先回去休息一下，把狀態調整好了再說。」

王秉華才剛這麼說，會議室的門又被敲響，進門的員警指著外面的兩道人影，報告道：「那兩位想找路顧問跟霍組長，需要請他們再稍等一下嗎？」

不用員警特別解釋，霍啟晨也知道徐安湘是來找他的，二話不說就上前領著表妹往會客室走去，路浚衡則是愣了愣，才對倪疏招招手，請他進來會議室詳談。

「是來討論新聞的事嗎？」路浚衡開門見山地問道，畢竟倪疏這種時候還跑來警局，肯定是為了解決這個問題。

昨晚他的臉跟著凶案現場一起大肆曝光，在此之前可能還有很多人不認識他這個演藝圈新人，現在也不一定曉得他究竟是誰，倒是知道他扮演什麼角色。

倪疏這回不再擺著那張討好的笑容，忍無可忍地說道：「你們到底什麼時候才能抓到凶手？我確實很想紅遍大街小巷，但我只是個演員，不是什麼『東光警探』，我才不想被這變態的殺人凶手盯上，更不想被民眾認定我有辦法偵破這起案子。現在，已經有搞不清楚狀況的人在問為什麼都死了三個人，我還沒能抓到凶手……你們必須想辦法解決這件事！」

聽著倪疏的控訴，一股詭異的感覺閃過路浚衡腦海，但又消失得太快，讓他來不及抓住，只能暫且放下這件事，待思緒清晰一點時再來細想。

只不過，關於轉移民眾焦點這件事，路浚衡倒是已經有了個草案。

「我有個還算輕鬆的辦法，可以讓大家暫時聚焦在別的事情上，只要你能配合我製造一點『假象』就可以。」

倪疏立刻就反應過來路浚衡在暗示什麼，聳了聳肩膀，無所謂地說道：「這辦法可以，反正我沒什麼損失。」

這回換王秉華跟不上狀況了，一頭霧水地問道：「什麼辦法？」

路浚衡無奈地笑了笑，攤手道：「一個有點犧牲色相的辦法，但很有效。想讓民眾把注意力從一件大事上轉移，最快的辦法就是勾動他們的『八卦之魂』，這樣就沒人有空關注什麼社會案件了。」

王秉華這才露出恍然大悟的神情。

「是個老辦法，但也很有用沒錯……對了，需要第一分局的助攻嗎？」

另一頭，霍啟晨和徐安湘相顧無言，最後是徐安湘打破沉默，低聲說道：「早上有個律師來見老媽，應該是你男朋友找來的，他說會幫老媽提起離婚訴訟……老媽還在猶豫，你知道他們那輩的人對婚姻觀念比較保守，但我會勸她答應的，這婚確實該離了。」

「他只是我工作上的搭檔，不是男友。」霍啟晨鄭重聲明這一點，但總覺得在說出這句話時，心裡有些不是滋味，只能轉而問道：「姨媽現在的情況怎麼樣？」

「老媽的身體沒大礙了，好好休養就行，主要還是精神上的……其實你可以去看她的，我老爸已經管不了她了，不會有人阻撓你們見面的。」徐安湘悄聲說著，在意識到自己母親平時被父親限制人身自由，其實就是家暴的前兆時，內心也被愧疚淹沒，更覺得自己根本沒臉面對霍啟晨。

霍啟晨沒有回應要不要見面這件事，只是淡淡說道：「好好照顧她。」

說完這話，霍啟晨就打算起身離去，但徐安湘立刻抓住他的手，讓他停下動作。

「我知道一切問題的根源是我那個該死的老哥，我會好好勸老媽不要再這麼傻了，就讓那傢伙在牢裡自生自滅……但請你不要放棄老媽好不好？你知道她也把你當成自己的兒子，別讓她連你都一起失去……拜託你了。」

霍啟晨渾身都在顫抖，頭也不回地說道：「我現在沒空處理這些事，我還有案子要查……」

就在徐安湘以為這位表哥已經決定徹底放生他們徐家人時，就聽他顫聲說道：「這個案子結束後，我會去看姨媽的，這段時間妳先照顧好她。」

「嗯！我會的！」徐安湘鬆了一口氣，這才匆匆離開分局，準備回醫院繼續陪護身心受創的母親。

回到自己的位置，霍啟晨在位子上呆坐了幾分鐘，路過的楊志桓看到他這副模樣，忽地大聲質問道：「你怎麼還在這裡啊？」

霍啟晨回過神，怔愣地看著自家組長，還來不及回話就聽對方斥責道：「你看起來跟坨屎一樣，還不快點回家休息！還是你覺得案子少了你就沒人能扛了？地球又不是繞著你轉的，別那麼自戀行嗎！」

周圍的凶案組同事都是一副幸災樂禍的樣子，這讓霍啟晨頓時感覺有什麼東西正在崩塌，眼中的世界都在搖搖欲墜。

然後他就聽楊志桓用只有兩人能聽見的嗓音悄聲說道：「現在所有人都在氣頭上，你繼續待在這裡，他們會遷怒你的，你還是先回家好好休息吧。」

楊志桓雖然不太清楚昨晚發生了什麼事，但他早就看出霍啟晨已經緊繃到極限了，加上分局裡的同僚們正憋著一股氣想發洩，他實在很怕兩邊一個碰撞就直接炸開。

原以為霍啟晨會像過去那樣執拗，不把他這個前輩的建議放在眼裡，只想做自己認為對的事，但這回的楊志桓猜錯了，因為霍啟晨也知道自己快撐不住了。

「我知道了，學長，那我先回去了……」霍啟晨有些失魂落魄地起身，習慣性地尋找起路浚衡的身影，想問他要不要一起回家，但看到他一臉認真地和倪疏討論著什麼的樣子，便默默收拾好自己的東西，悄無聲息地離開。

是啊，地球又不是繞著他轉的，路浚衡當然也不是。

◆

霍啟晨一覺醒來，發現窗外的天色已經暗了，肚子也餓得不行，便起身到廚房打開冰箱，從裡面挖了一些剩菜出來微波，一邊吃著不知道該算哪一頓的飯菜，一邊刷起手機，看看這幾個小時裡有沒有漏接了什麼重要通知。

首先是楊志桓的訊息，告訴他再多放一天假也沒關係，工作目前都有人交接了，除非案情出現新的進展，他上不上班其實都無所謂。

然後是王秉華，傳訊告訴他徐建國已經被收押禁見，先不管他罪刑怎麼判，反正他是短期內是見不到妻女了，正好也給何淑淑一個喘息空間，之後再來好好討論該怎麼進行訴訟。

最後是羅瑛侑給他發了一連串道歉的表情符號，看來是覺得自己先前那種遷怒的做法對霍啟晨不公平，冷靜下來後便有些愧疚，坦然地認錯道歉。

他翻來翻去，就是沒找到最想看到的訊息。

「是有事在忙嗎？」霍啟晨喃喃自語，隨手點開新聞 App，想看一下模仿案發酵的程度到哪裡，一張照片就映入他眼簾，讓他瞬間僵住。

照片上的路浚衡就站在第一分局的會議室裡，身上穿的還是昨晚沒換下來的那套衣服，熬了一整夜沒休息，氣色看起來當然不好，但他的面容卻寫滿了專注，正捧著一份卷宗仔細閱讀。

而他身旁還有一道身影，同樣是一臉認真地看著資料，但兩人貼得相當近，肩併著肩埋首在卷宗裡，又像是在竊竊私語。

這樣的畫面，第一分局的人倒也很熟悉，某對臨時搭擋在警局裡時常就是這副模樣，只是這回站在路浚衡身邊的人不是霍啟晨——

是倪疏。

## 「束光警探」與他的創造者，攜手偵辦模仿案！

霍啟晨渾渾噩噩地讀著新聞內容，大抵是說路浚衡和倪疏雖然是業餘人士，但就警方所言，他們在這次的案件中也提供了不少幫助，整個劇組也都盡力配合第一分局辦案，共同創造警民合作的美談。

同時，又衍伸出八卦消息，說這對作者與主演在合作過程中疑似擦出火花，隨著拍攝與辦案進度如火如荼地展開，兩人的關係好像也越來越密切，似乎能預期他們之後會變成更為親密的「搭檔」。

隨著這些新訊息不斷放出，群眾對這部主打推廣范西市觀光的改編電影產生更大的興趣，也有一部分的人關注焦點是路浚衡和倪疏的花邊新聞，討論凶殺案本身的聲音還真的變小了，形勢變化既荒唐又真實。

霍啟晨看著一篇篇內容五花八門的留言，以及越來越多路浚衡和倪疏的合照出現，一股強烈的失落感在心底迅速萌發，還帶著一絲惱怒與不甘。

他從來都不在乎別人是否知道他是破案功臣，只要看見罪犯伏誅，對他來說就是最好的回報。

但這一刻，他好想站出來大喊：我才是束光警探！我才是那個努力調查模仿案的人！

然後他想起來，不對，他不是束光，他只是一道輪廓類似的影子。

在光線照射下就消失無蹤的影子。

終於，他忍不住撥打那個電話號碼，對方很快就接通。

「喂？怎麼了？」

當路浚衡的嗓音在耳邊響起時，霍啟晨就有種說不出的安心感，吸了吸鼻子，口是心非地道：「沒事，只是想問你怎麼沒回來……你該不會還在分局吧？」

「噢，沒有啦，我已經回家了，正好有點事得在家處理。你回去之後應該有好好休息吧？晚餐吃了嗎？」

聽到那些充滿關懷的問句，霍啟晨不禁脫口道：「我想見你。」

他想跟路浚衡說姨媽的事，想跟他抱怨被同事們針對的苦楚，還想問他為什麼自己一覺醒來，他身邊站著的「搭檔」就變成了倪疏。

更重要的是，曾經讓他感到適應的孤獨，在這一刻竟成了一種煎熬，讓他只想衝到路浚衡身邊，尋求他的懷抱。

電話那頭的路浚衡愣住了，再度回話時，嗓音裡竟多了一絲顫抖。

「我也想見你……」

「那你在家等我，我過去找你。」

來不及回應這句話，路浚衡耳邊就只剩下斷線音，他有些茫然地放下手機，大概是表情太憨傻了，坐在他對面的倪疏還伸手在他面前揮了揮，試圖喚回他的注意力。

「抱歉，我們剛剛說到哪裡？」路浚衡回過神問了一句，又匆匆說道：「如果沒有什麼其他的問題，就照先前講的方案繼續進行下去，應該就能撐好一段時間了。」

倪疏一邊篩選著手上的照片，一邊笑道：「我其實覺得這方案還太保守了，要假戲真做也沒問題，我不介意把我的潛規則初體驗貢獻給路老師哦。」

「真是讓我受寵若驚，但不需要這樣哦，謝謝。」路浚衡抽了抽嘴角，吐槽道：「不管怎麼樣，就算電影最後拍不成，我也不會讓你的事業受到影響，該給的資源和人脈不會少，你就別這麼拚命往我身上貼了。」

「哇，謝謝路老師，你真的好貼心哦！」

「……你不是就在等我給這句保證嗎？」

經過這次事件，倪疏現在也不在路浚衡面前裝模作樣，把自己想攀關係、拓展星路的意圖明目張膽地寫在臉上，態度坦然極了。

但路浚衡也樂得倪疏這樣，至少在安排緋聞轉移注意力這件事情上，兩方都曉得這是純粹的「工作」，不參雜任何私人情感，執行起來反倒沒有壓力和顧忌。

「好了，京哥你再替我們拍幾張照，記得把我拍帥一點！」路浚衡主動跑過去和倪疏坐在同一張沙發上，兩人共讀一本劇本，像是在討論拍攝工作的事宜，只是彼此的距離近得幾乎要相貼在一起，倪疏的手還自然而然地放到他的大腿上，動作曖昧至極。

「啊，倪疏你的手再往上移一點，對，就這樣。臭小子你頭髮撥一下，擋住臉了。」

吳京化身為無情的拍照機器人，拿著手機就是一頓狂拍，拍完之後還很專業地加上濾鏡，然後一口氣全發布到劇組的社群帳號上。

沒錯，此時在路浚衡家裡的人可不只倪疏一個，還有主筆編劇、副導演、後製組、公關組等人，大家聚在客廳裡商討拍攝事宜，只不過在吳京的取景下，所有人都成了路浚衡和倪疏「放閃」的背景板。

替路浚衡製造花邊新聞，吳京可說是太有經驗了。

兩人又拍了幾張簡直像在耳鬢廝磨的照片，路浚衡趁勢低聲問倪疏道：「我再問一次啊，你家經紀人真的同意這個計畫嗎？我總感覺他看我的眼神像是要殺了我一樣。」

順著路浚衡的視線看去，就見一名其妙不揚的男人站在客廳的角落，身上有股奇妙的氣質，可以輕易融入任何環境中，而不引起他人的注意。

「嗯？你說Andy哥？」倪疏也湊在路浚衡耳畔，小聲應道：「他確實是滿不爽這個用緋聞來轉移焦點的方式，因為他覺得我才剛出道沒多久，就被打上『可以被潛規則』的標籤，對我的事業沒什麼幫助，會讓人覺得我沒什麼實力，只會靠賣身來換取名氣。」

路浚衡聞言一挑眉，對上石承榆的視線時，總覺得對方像是要把他生吞活剝，忍不住打了個冷顫，無奈道：「我覺得他講得也有道理……所以你們這是沒達成共識嗎？」

倪疏將手放在路浚衡後頸，一邊摩娑一邊應道：「我跟Andy哥是一起打拚過來的沒錯，但他是我的經紀人，又不是我的主人，我想做什麼，也不需要非得獲得他同意不可啊……好了嗎？」

「可以，這些照片夠我發半個月了。」吳京對兩位盡力演出的敬業演員豎起拇指，倪疏和路浚衡聞言立刻拉開彼此間的距離，好像前一秒都快親在一起的兩人不是他們。

「其實我更好奇的是，我們這麼做，霍警官不會生氣嗎？」

聽到倪疏的問題，路浚衡先是一愣，接著揮手笑道：「你是說搶了功勞、搞得好像案子都是我們辦的一樣？放心吧，啟晨才沒那麼小氣，他不會為了這種事生氣的。」

倪疏露出饒富興味的表情，本想解釋自己說的可不是這件事，但最後還是笑道：「算了，和我無關。」

他才懶得去管別人的感情問題，他只在乎自己能不能變成家喻戶曉的大明星。

「收工、收工！我有客人要接待，你們都給我回去吧！」

一群人又討論了一會兒工作的事務，路浚衡看了眼時鐘後就開始驅趕眾人，但想了想後還是回房間換了一套衣服，然後領著倪疏一起下樓，吳京則很有默契地跟在他們身後，又拿出手機準備蒐集更多素材。

霍啟晨走下計程車，不遠處就是玉樹街的老公寓，每次來到這裡，他都有些「奇遇」，總會給他留下一段不尋常的回憶。

兩人的住處之間距離不遠，但搭個車的時間也足夠霍啟晨思考自己的舉動是不是過於衝動了。

明明他們還是能在分局裡碰面，為什麼要這麼急著今晚就見到他？

真的只是因為有很多問題想問他而已？

就這麼跑來找他，然後呢？自己是在期待還會發生什麼其他的事嗎？

霍啟晨逐漸反應過來，自己是在看到路浚衡和倪疏的親密照後，才有了這股壓抑不住的衝動。

是嫉妒嗎？

不，是羞恥，因身為被剔除的選項而感到羞恥。

路浚衡根本不在乎站在自己身邊的人是誰，只要那個人能被套上「東光警探」的象徵就行，而他最後選擇的人是倪疏，不是霍啟晨。

霍啟晨發覺自己又陷入了同一個窘境，亦如上一段失敗的感情，他總是不被需要的那個，他只會徒勞地抓住那段關係，直到被對方徹底拋棄為止。

他很想成為對方心目中最喜愛的那個「東光警探」，可現實告訴他，他們差遠了。

想著這些亂七八糟的事，霍啟晨剛要走過馬路，就看見熟悉的人影步出公寓大門。

路浚衡和倪疏站在門口，兩人不曉得說了些什麼，而後張手擁抱彼此，持續了數秒才放開。

霍啟晨能清楚看見路浚衡笑著抬起手，輕撫倪疏的臉龐、將髮絲順到他耳後，接著才退開身子，兩人揮手道別。

他愣愣地站在原地，根本沒注意到兩人之後還陸陸續續有好幾個劇組人員走出來，吳京還拿著手機對路浚衡比劃了幾下才轉身走掉，那場面跟電影散場倒有幾分相似。

霍啟晨只覺得自己就像一場笑話，正想轉身離去，口袋裡的手機便響起，讓他停下腳步接通電話。

「你到哪啦？你是搭車還是自己開車過來的？需要我幫你找停車位嗎？」公寓門口的壁燈之下，路浚衡一邊講著手機、一邊在原地來回踏步，臉上洋溢著充滿期待的笑容。

霍啟晨遠遠看著他的身影，最終還是跨過斑馬線，直接來到他面前。

「咦？這麼剛好？」

路浚衡愉快地蹦到霍啟晨面前，然後就發現對方的面容慘淡，神情就像隻被拋棄的流浪狗，忍不住追問道：「你怎麼了？發生什麼事了嗎？」

霍啟晨沒有回答路浚衡，而是反問對方道：「剛剛那個人……是倪疏嗎？」

「噢，對啊，他跟劇組的人過來討論劇本，還有處理一件有點煩的事……」路浚衡料想把緋聞解釋給霍啟晨聽，對方八成會覺得很無聊，便道：「反正是一些你不需要擔心的問題，你已經夠忙了，那些亂七八糟的雜務交給我處理就好！」

說著，路浚衡便牽起霍啟晨的手，領著他進門道：「你看起來有點糟，回去真的有好好休息嗎？」

霍啟晨覺得自己應該掙脫，可身體卻表達出相反的態度，將路浚衡的手握得更緊，低聲應道：「很多煩心的事情，所以沒辦法靜下來……」

路浚衡一聽就認定霍啟晨在說徐家人的事，不禁伸手輕撫他的臉龐，替他順了順垂落的髮絲，柔聲安撫道：「沒關係，我陪你聊聊，有什麼想說的，就說出來，情緒抒發完，感覺就會好一點了。」

這動作讓霍啟晨想起方才那一幕，竟瞬間紅了眼眶，覺得自己簡直就是個小丑，在這裡尋求別人早就擁有的東西。

路浚衡卻誤會了霍啟晨的感受，還以為他是因為姨媽的事情悲從中來，這就將人直接摟進懷裡，溫聲安撫道：「我保證阿姨會受到很好的照顧，你就別擔心這件事了。」

他也注意到家庭的事情對霍啟晨造成了極大的傷害，而且已然成為一道難以跨過的塹，如果這問題繼續拖延下去，只會變得越來越嚴重。

「對了，我之前說要跟老王討論怎麼處理你表弟的事，有結論了！」路浚衡忽然想到這一點，立刻興致勃勃地說起自己的計策，想藉此提振霍啟晨低落的心情。

霍啟晨的心思根本不在這件事情上，踏進路浚衡家門時，滿腦子想的都是對方和倪疏方才都在這裡做了什麼，好不容易才拉回注意力，就聽路浚衡說道：「我跟老王確認過了，可以直接把你表弟扔進州立監獄，反正他這樣的重刑犯本來就該去那裡，程序上沒有任何問題。」

「把徐安霖移監到州立監獄……然後呢？」

路浚衡嘿嘿一笑，神情透著一絲狡猾與計謀得逞的暢快，興高采烈地說道：「當初那個被你掃平的毒梟集團，大部分的人手都被關到州立監獄去了，不是嗎？正好，你這個『大功臣』的表弟被轉移過去，你覺得這些人會有什麼反應？」

霍啟晨愣了一下，隨即說道：「如果真的被曝光身分，徐安霖在那裡絕對活不過三天。」

「三天都是保守估計了，我看他可能去的第一個晚上就被人打死。」

路浚衡說的沒錯，霍啟晨現在可是這群毒梟最痛恨的對象，他們才不會管徐安霖實際上跟他家表哥根本水火不容，光是聽到他們有血緣關係，應該就會有人按捺不住恨意，把他殺了洩憤。

霍啟晨也想通了這個策略的關鍵之處，就是讓徐安霖明白，他現在的處境已經是最好的選項，如果他再繼續想方設法胡搞，等著他的就是真正的死亡，沒有任何商討餘地。

看著霍啟晨沉思的側臉，路浚衡感嘆地說道：「其實你表弟那邊是相對好處理的一方，我們都知道，比較麻煩的是阿姨那邊，如果她一直不願意面對現實，還覺得自己兒子有救，你表弟就可以一直拿她當籌碼來談判。

「所以我覺得，要真正解決這個問題，得從阿姨那邊下手，讓她對兒子徹底死心才行……你覺得呢？」

霍啟晨望著路浚衡，這一刻他能感受到對方真的是全心全意想為他解決這件事，心中便有股難以言明的酸楚，忍不住脫口問道：「你為什麼……要對我這麼好？」

他不知道自己憑什麼得到這樣的關愛，就只是因為他當年替許仲安的案子找出真相嗎？所以，這一切是出自感激，路浚衡這麼做都是因為他想報恩嗎？

霍啟晨的問題讓路浚衡一時無語，然後忽地發覺兩人之間的關係好像已經到了那個臨界點，只剩下一層若有似無的薄紗，早就可以看清兩側的景象。

「我一直在思考什麼才是合適的時機，我想現在肯定不是，但……但我不想繼續等了。」

路浚衡捧起霍啟晨的臉，凝視著那雙澄澈卻又盈著悲傷的黑眸，用最鄭重的語氣說道：「霍啟晨，我喜歡你，真的、真的好喜歡你。」

他喜歡霍啟晨在辦案時的雷厲風行，喜歡他在偵訊室裡霸道得像個暴君，也喜歡他化

身為小書迷時的內向溫吞，喜歡他聊天時不知道怎麼轉場的尷尬木訥，更喜歡他卸下所有防備時的脆弱無助……

霍啟晨的一切，他都喜歡，真的好喜歡，只想通通占為己有。

回應路浚衡的不是一句話，而是一個顫抖的輕吻。

當溫熱的唇瓣相碰時，兩人都是身子一跳，緊接著便是更加熱切的深吻。

路浚衡直接攬住霍啟晨的後腰，將人按進自己懷裡，靈巧的舌尖鑽入對方口中，捲著舌肉吮了幾口，在霍啟晨發出慌張的嗚咽聲時戀戀不捨地退開，在兩人的唇齒間牽出幾縷情色的銀絲。

「你這樣……是在說你也喜歡我嗎？」路浚衡貼著霍啟晨額際，輕輕磨蹭兩人的鼻尖，語氣中有著期待，也有著擔憂，很怕自己聽到意想之外的答案，或乾脆收穫一個憤怒的巴掌。

霍啟晨抬起眼眸，視線早就被淚水霧化，看不清路浚衡的表情，啞著嗓子說道：「喜歡……」

他喜歡路浚衡的才華洋溢，喜歡他的童心未泯，喜歡他的幽默風趣，也喜歡他的念舊深情，喜歡他那不羈而自由的靈魂，更喜歡他總是無比耐心又溫柔地對待自己……

路浚衡的一切，他都喜歡，真的好喜歡，但他知道自己不配擁有。

他聽見路浚衡發出暢快的大笑，任由對方摟著他索吻，在感受到那越發濃烈的慾望正圍繞著自己時，終於想通了。

他不用搞清楚路浚衡到底喜歡自己什麼，因為路浚衡要的就只是一晚的歡快、一段美好的回憶，而他不過就是這一晚恰好在他身邊的人罷了。

而這是他最「接近」路浚衡的一刻，要是錯過，或許就再也碰不到了。

路浚衡喜歡這一刻和他待在一起的感覺，沒有更多了，要是換一個人……要是換成倪疏，說不定會更好吧？

他好像連怎麼用身體取悅別人都不熟悉，正確的步驟流程到底是什麼？

「我能不能……先洗個澡？」霍啟晨勉強在親吻之間找到一個空隙，垂著眼簾小聲問道。

路浚衡呼吸一滯，因為他以為今晚能讓霍啟晨接受他的親吻，就已經是極限了，他可不想把眼前這名顯然在親密關係上還十分青澀的戀人嚇到，反而畏懼與他親熱，那就得不償失了。

但這樣的提問，幾乎已經是明示接下來還可以發生更「深入」的情節，這讓路浚衡還如何保持冷靜？差點沒直接把霍啟晨撲倒在沙發上，告訴他洗不洗澡都無所謂，他現在就想上了他。

要知道，他可是花了幾十天才成功牽到對方的手、擁抱的時候不會被推開，現在居然馬上就能從接吻進階到坦誠相見？

救命，他好興奮，他好像……已經硬了。

「當然可以……」路浚衡又湊上去舔咬霍啟晨的唇瓣，邊親邊道：「或者……呼、我們也可以……一起洗……」

霍啟晨卻是伸手抵著他的胸膛，將他推開一段距離後才說道：「你給我一點時間準備，好不好？」

從沒聽過對方用這種略帶撒嬌的語調懇求自己，路浚衡只覺得這一晚簡直比夢境還甜美，生怕過於急躁強勢會一把戳破這個美夢，當即主動退開身子，溫柔地說道：「好，不急，你慢慢來。」

五分鐘後，路浚衡就後悔了。

我裝什麼紳士啊？五分鐘？五秒鐘都難熬啊！路浚衡一邊暗罵自己裝模作樣、一邊在臥室裡焦急踱步，但一想到這是在面對霍啟晨，難以馴服的躁動便被柔情壓住。

這麼可愛又笨拙的傢伙，怎麼不值得他多等個幾分鐘了？

「我要不要也洗個澡？」路浚衡低頭嗅嗅自己，雖然他一回家就洗過了，身上的衣服也剛換新而已，但把自己弄得更乾淨一點好像也沒什麼壞處？

正想著這些瑣事來轉移注意力，主臥室裡的浴室門就被推開，只在下身披著一條浴巾的霍啟晨還在滴水，整個人濕漉漉地走了出來，手裡還拿著一條小毛巾，在路浚衡望過來時抬起手，用毛巾掩著臉，低著頭道：「我好了……」

我不好啊！路浚衡好想尖叫，在看到霍啟晨這副模樣時，隱忍多時的慾望便如猛虎出柙，再也無法遏止。

他一個箭步直接逼近到對方面前，將人往旁邊的矮櫃上一推，在霍啟晨驚呼著坐到櫃子上時，掐著他的腿往自己腰上一放，整個人順勢卡入對方雙腿之間，讓兩人的身軀再度貼合在一起。

「你說過，跟我獨處的時候會把臉露出來的。」路浚衡伸手去揭霍啟晨擋在面前的毛巾，看他那張染上緋紅的臉一點一點顯露出來，忍不住湊上前親吻他的眼角、眉心、鼻尖，然後是唇瓣，親得很仔細又很溫柔，像是在用自己的嘴唇描繪戀人的五官。

霍啟晨被親得暈頭轉向，淚水盈滿眼眶，與髮梢上的水珠混在一起，一顆顆不斷自臉上滑落，路浚衡都能從親吻中嚐到一絲鹹味。

「你別緊張……」路浚衡盡力安撫懷裡正在顫抖的戀人，牽著他的手放到自己肩上，悄聲道：「抱著我。」

他能感受到霍啟晨的無措，便努力調整進攻的速度，親吻與愛撫都盡量輕柔緩慢，引著身下的人慢慢放鬆，耳邊聽到對方混著啜泣的低喘，只覺得眼下的場景對自己有夠折磨，卻又捨不得讓霍啟晨產生任何不適，只想讓兩人的第一次既愉快又完美。

路浚衡一手托起霍啟晨的臉，愛憐地吻著他的眼角，低聲道：「啟晨，看著我好不好？告訴我你想怎麼做，我都配合你……」

霍啟晨緊緊攀著路浚衡後頸，以為自己早已做好準備，此刻卻又慌得六神無主，徹底變回他藏在內心最深處的那個脆弱男人，啞著嗓子求饒道：「我、我不知道……對不起、我不知道該做什麼……」

他根本想不起來上一次和人親熱是什麼時候的事，他甚至不怎麼喜歡性愛，因為這件事裡沒有任何一個讓他感到熟悉或舒適的元素，一切的一切都不停地提醒他自己有多笨拙、多遲鈍，簡直一無是處。

連想給路浚衡留下一個美好的夜晚都辦不到，他到底還能做什麼？

「沒事、沒事，你別緊張，交給我就好……」路浚衡連忙安慰霍啟晨，看著這名在罪犯面前所向披靡的王牌警探，居然也有如此無助可憐的模樣，心中的憐愛之意滿溢而出。

啊，他的搭檔怎麼如此可愛、如此迷人？

路浚衡決定不再言語，直接封住霍啟晨的唇，雙手在這副炙燙的身軀上游移，用指尖勾勒他的身形，一邊著迷於那緊實的肌肉線條、一邊悄悄探索他的敏感之處，在喘息聲變得更急促時加重撫觸的力道，向著仍被浴巾覆蓋住的部位逐漸延伸進去。

霍啟晨在性器被握住時發出哀吟，努力撐住快要往後倒下的身子，不敢去看浴巾下起起伏伏的動靜，下意識地張口咬住路浚衡的衣領，隨著下身被套弄的速度越來越快，無法克制地嗚咽出聲，哭得越發厲害。

他不知道自己這副模樣對路浚衡的殺傷力有多強，只感覺胯間被那隻厚實的手掌玩弄得濕漉漉的，柱身與肉囊傳來的腫脹感讓他難受得雙腿打顫，忍不住哭求道：「不、等等……我不、不行……嗚！」

但路浚衡這回卻無視了他的求饒，反而一手掐著他的膝窩，將他腿抬得更高，另一手加快擼動的速度，在他驚慌失措的哭聲中吻住他的唇，指尖刻意搓揉早就沁出精水的小孔，將人推上高潮——

「咕嗯！」

霍啟晨就這麼含著路浚衡的舌尖，哭著射了出來，劇烈的釋放讓緊繃到極限的身體與精神稍有舒緩，隨後整個人軟軟地癱在路浚衡懷裡，終於得空的嘴依舊說著：「對不起、我忍不住……抱歉……」

路浚衡聞言簡直快瘋了，堵著霍啟晨的嘴又是一次綿長的深吻，直到對方喘不過氣才退開，語氣崩潰地道：「你想可愛死我是不是……啊，你太犯規了，我要瘋了……」

他從一片狼藉的浴巾底下抽出手，沾滿濁液的指尖伸入霍啟晨嘴裡，在後者生澀地吞吐著他的指節時，扯開自己的衣領與褲頭，掏出早就硬脹難耐的性器，與霍啟晨的併在一起揉捏摩娑。

霍啟晨腦中一片空白，只是順應著路浚衡的動作將嘴張得更開，舌尖捲著修長的手指滑動纏繞，感覺唾沫快從嘴角流出，便下意識地吸吮幾口，隨即感覺那兩根手指又往內探了一截，指腹按著他的舌根，讓舌頭不由自主地抽搐彈動，引得喉嚨裡發出混著嗆咳與哽咽的聲響。

然後路浚衡抽回已經被舔得濕淋淋的手指，試探性地用它們摸向臀縫，卻發現指尖很輕易就能按入柔軟的穴口，便乾脆趁勢抽動起來，一點一點加大指節沒入的深度，直到整根手指被徹底吞入。

「你剛剛先擴張過了？」路浚衡低頭啃咬霍啟晨的耳垂，也知道自己是明知故問，但就是忍不住那股逗弄之意，低笑著道：「這樣還說你不知道該怎麼做？」

「我、我只知道我應該先做這個……嗯、嗚……嗯！」穴內的敏感點被指腹撞了幾下，霍啟晨猛地挺起下腹，掛在路浚衡腰上的雙腿都跟著絞緊，忍不住仰起頭大口喘氣。

路浚衡順勢啃咬起他的喉結與鎖骨，手指繼續刺激穴壁，討好地道：「下次換我幫你弄，好不好？我保證會很舒服……」

下次……嗎？還能有下次嗎？

霍啟晨沒有回應，被路浚衡按在矮櫃上，跨開的腿間已經毫無遮蔽，以這種極盡羞恥的姿態任憑對方褻玩他的性器與後庭，不久前才釋放過的肉棒又一次硬挺翹起，漲紅的粉嫩穴口已經能容納三根手指的抽插，顯然很快就能迎接更粗大的事物。

路浚衡從抽屜裡翻出保險套和潤滑液，霍啟晨眼角餘光看見撕開的包裝盒裡還剩三個套子，便無可抑止地想著另外七個都用在誰身上，然後痛苦地別過視線，眼角又一次綴上淚珠。

「我弄痛你了？抱歉……」路浚衡會錯了意，低頭吻去霍啟晨的淚水，放輕手指抽動的力道，索性又多倒了一些潤滑液，另一手繼續套弄他的性器，努力讓他徹底放鬆下來。

霍啟晨的眼神逐漸在愛撫下變得迷離，路浚衡看著他這副動情的模樣，貪婪地舔舔嘴，湊到他耳邊挑逗地問道：「幫我戴，好不好？」

霍啟晨先是害臊地別過臉，隨後還是乖巧地點點頭，撕開保險套包裝，捏著前端往硬挺的小頭上套去，接著不太熟練地向下推動圈口，感覺肉棒在手掌中似乎又脹大些許，套子好像有點卡住，頓時手忙腳亂地道：「是、是這樣子弄嗎……」

但說完這話，霍啟晨只覺得羞恥極了，因為這透露了他究竟有多麼缺乏經驗的事實，生怕路浚衡會嫌棄他的懵懂無知，沮喪地道：「對不起、我什麼都做不好……嗚！」

道歉的話語被堵在嘴裡，又被掠奪了好幾秒鐘的呼吸，霍啟晨被親得喘不過氣時才聽路浚衡語氣強硬地道：「你道歉一次我就親你一次，親到你說不出來為止哦！」

「你剛剛也有說啊……」霍啟晨有點委屈地應了句，結果又被狠狠親了一頓。

「好了，我說的那次已經罰完了。」路浚衡無賴地說道，隨後握著霍啟晨的手，引導他把圈口推至底端，「做不好也沒關係，我們一起練習不就得了？」

他大概能猜到霍啟晨應該是怕自己因為經驗不足而被取笑，才會表現得這麼戰戰兢兢，心裡只覺得今晚起碼吞了一噸重的可愛，差點要撐死。

這才進行到前戲步驟就這麼刺激，等等正片開始，他會不會激動到暈過去？

然後他就聽霍啟晨說道：「你可以直接進來，我不怕痛的。」

「我……」路浚衡憋得頸側的青筋都在跳動，重重喘了口氣才道：「我捨不得弄痛你啊。」

但他也確實已經忍到極限了，確認潤滑度應該足夠後，便扶著硬到脹痛的肉柱抵住穴口，接著緩緩擠開那圈軟肉，直到整個前端沒入後便停下動作，抬眼想確認霍啟晨的狀況，卻只看到一張被雙手摀住的臉。

「啟晨，看著我啦。」

「不、不要……」

路浚衡咬了一下他的指尖，在霍啟晨搖頭拒絕時，性器又挺入一截，一邊輕晃著腰桿一邊說道：「這樣我親不到你。」

霍啟晨的眸光在指縫間忽閃忽滅，妥協似的放下一隻手，露出下半臉，被吻到發紅的唇瓣輕輕翕動，悄聲說道：「不親也沒關係吧……」

這傢伙，到底是怎麼辦到這麼純情的同時又這麼撩人？不科學啊！

「不管，我就要一邊親你一邊肏你。」

路浚衡露骨的發言聽得霍啟晨渾身酥軟，投降地露出燒紅的臉，在對方親上來時環抱住他的肩膀，強忍著後穴被一點一點撐開的不適，在他的衣服上捏出一道道皺褶。

「我要開始動了，你再放鬆點……」

「嗚、嗯、我已經……哈、哈啊……」

霍啟晨又反射性地咬住路浚衡的領子，在肉棒貫穿自己時發出甜膩的哼聲，接下來的每次撞擊，都會跟著節奏輕喘低吟，略帶哭腔的鼻音就像是催情劑，讓路浚衡渾身躁動不已，不禁加快抽送速度，把矮櫃撞得發出匡匡匡的聲響。

第一次的性愛總是充滿探索性質，兩人會從中磨合出最舒服的姿勢和力道，但霍啟晨根本不知道自己要什麼，只能任由路浚衡對他的身體不斷「開發」，感受著各種被進入的角度與力道，直至層層疊疊的快感將他徹底淹沒。

「啟晨，這樣舒服嗎？」

「嗯、嗯……浚衡……嗯、舒服……」

霍啟晨不是那種會縱情叫喊的類型，連呻吟都很輕很軟，但那種可憐兮兮的語調卻比浪蕩的叫喊更具殺傷力，完全就是在考驗路浚衡能壓住體內的獸性多久。

果不其然，路浚衡沒一會兒就放棄先前的溫柔，將霍啟晨雙腿往上一抬，讓對方踩著自己肩頭的同時，掐緊他的腿根處用以固定，隨後賣力擺腰衝撞起來。

粗硬的肉棍一次次撬開濕軟的穴肉，凶猛地幹進最深處再完全退出，路浚衡看著霍啟晨一邊啜泣一邊哀吟，腿間高高翹起的性器被精水淌濕，隨著抽插而晃動抽搐，穴口處更積起一圈潤滑液磨出來的白沫，便無可抑止地加重抽送的力道，小腹不斷拍擊那兩片臀肉，麥色的肌膚都被撞得隱隱泛紅。

他忍不住伸手把玩霍啟晨的乳尖，在對方發出慌亂的求饒時故意揉捻拉扯，敏感的凸起立刻被他刺激得又硬又翹，讓他不禁湊上前張口吸含，吮咬小巧的乳頭，最後在乳暈上留下一圈昭示主權的牙印。

霍啟晨已經忘了最初是為什麼要主動挑起這場性愛，只覺得這跟他記憶中的經歷好像不太一樣，雖然一直處在被引導的狀態，可路浚衡只要察覺他不喜歡某種刺激，就會立刻停下，再換不同的方式取悅他，絕不讓他有絲毫被強迫的感受。

對，取悅。

不該是我取悅他嗎？為什麼好像反過來了？

霍啟晨渾渾噩噩地想到這一點，忽地主動吻上路浚衡，努力晃起痠軟的腰肢，在肉刃埋入體內時動作生澀地夾緊雙腿，在親吻間悄聲問道：「你呢……你舒服嗎？」

「我可以這樣一整晚，你說呢？」

路浚衡的嗓音染上情慾，變得乾啞低沉，緊貼著霍啟晨的耳畔呢喃道：「我真的好喜歡你……啟晨，我好喜歡你……」

已經有多久沒有產生這麼強烈的情感了？四年？還是更長？路浚衡也說不出來，只知道那種想完全占有霍啟晨的慾念強烈到難以忍受的地步，只能不斷述說著自己的情意，試圖減緩那股快把胸腔撐破的悸動。

霍啟晨覺得自己快瘋了，每聽到一次路浚衡的告白，內心就被撕裂一次，他多希望這樣的喜歡能獨屬於自己，但又知道那不過是種癡心妄想，因為自己終究只是路浚衡這一晚的消遣而已，除了一次放縱的性愛，他無法再擁有更多。

怎麼可能有人真的喜歡他這樣的人呢？懦弱、內向、笨拙又自卑的……

「嗚嗯！」內心的痛苦與體內的快感劇烈沖激著，霍啟晨在這種彷彿身心要被撕碎的狀態下再度被推上高潮，熱燙的精液灑在自己的胸腹上，弄得一片狼藉。

但不等他緩過勁，也瀕臨繳械的路浚衡就吻住他的唇，趁著他後庭還因為高潮而陣陣抽搐時一口氣肏幹至最深處，在內壁的吸絞下盡情洩出，一抽一抽地射滿套子，緊摟著他粗喘良久，才有些依依不捨地退離。

「啟晨，還好嗎？」路浚衡愛憐地親吻霍啟晨的鼻尖，替他抹去額際上的汗水，正打算收拾一下自己這一身凌亂，耳邊就聽到對方囁囁嚅嚅的嗓音。

「有……兩個……」

「什麼？」

路浚衡眨眨眼，又湊近一些，這才聽清霍啟晨的話。

「套子，還有兩個。」

哇，好像又硬了。

渾身血液都衝到下半身的路浚衡，一把架起霍啟晨酥軟的身子，兩人往柔軟的床鋪一倒，稍有降溫的空氣又再度炙熱起來。

霍啟晨張手摟住壓上來的身軀，腦海裡不由自主地浮現在公寓前看見倪疏與路浚衡相擁的那一幕，又想哭又想笑，紛亂的情緒在胸口不斷衝撞，最後化作一聲聲無助的哀吟。

「浚衡……浚衡……」

「嗯，我在。」

是的，你在。

雖然只有一晚，但這樣就夠了。

# *Chapter* 20 我可不想對我的男朋友撒謊

用以統整案情資訊的白板已經被各種文件與照片占滿，霍啟晨站在板子前擰眉深思，手中的白板筆不停敲擊著自己的手肘，總覺得好像遺漏了什麼關鍵線索。

剛拿到現場鑑識報告的楊志桓路過會議室，發現霍啟晨的身影，立刻說道：「不是跟你說多休息幾天也沒差嗎？幹麼又一大早就跑來上班？」

霍啟晨聞聲回過頭，隨即一臉認真地應道：「我休息好了，狀態沒問題的。」

啊，這熟悉的倔強和不聽人說話。

楊志桓翻了個白眼，也懶得多說，但正好挑起了話題，就順口問道：「你的跟屁蟲呢？」

霍啟晨想了幾秒才確定對方說的應該是路浚衡，神色扭捏地摸著後頸，口罩下的薄唇抿起，措辭半晌才模稜兩可地道：「應該是睡過頭了吧……」

「嘖，這些業餘人士。」楊志桓嫌棄地啐了一口，牢騷道：「一天到晚看一堆莫名其

妙的傢伙在我們地盤上晃，有夠礙眼。我們還是趕緊把這案子辦一辦，讓那些傢伙回自己家裡玩去，別在這裡找一堆藉口打擾我們工作。」

霍啟晨不置可否，只是繼續盯著那三張被害人的照片，楊志桓見狀乾脆拉了張椅子坐下，一起看著照片道：「怎樣?有啥看法？」

不管他們凶案組的人再怎麼排擠霍啟晨、不服從他的領導權力，眾人唯一不會質疑的就是他的工作能力，楊志桓自然也是認真在徵詢這位副組長的意見，期待他會提出什麼不同的見解。

霍啟晨抱著手臂，沉吟良久才道：「我只是一直想不通，凶手到底『獲得』了什麼？他犯下的案子全都不是激情犯罪，而是精心策畫過的謀殺。大費周章做了這些事，總得有個預期要達成的目標吧？」

他指著白板上那一個劃出來標記小說劇情的區塊，續道：「故事裡的真凶是為了替蒙冤的親人復仇，所以選定了這幾個罪魁禍首，用充滿象徵意味的方式殺掉他們，整件事從殺人動機到手法都是有邏輯的。

「但現實裡，這三起案件拆開來比對就會發現它們根本毫無關聯，三名死者也沒有特殊交集，如果要論殺了他們到底能達成什麼目的，除了讓原作小說和電影紅了一波之外，根本沒有其他影響吧？」

他們懷疑過是否是過激的書迷想引起作者注意、也懷疑過是否是和作者有私仇的人挾怨報復，但先前的調查結果告訴他們這兩個方向都是錯誤的，那到底犯下這些案件的凶手，是想滿足什麼慾求？

刻意套上「模仿案」這個外皮，到底能讓他犯下的連續殺人案和其他案件有何不同？當排除一切可以想到的動機後，霍啟晨忽然愣住了，楊志桓也是若有所思地看著那面白板，兩人腦中浮現了類似的想法——

如果讓原作和電影紅一波，就是凶手的目的呢？

這猜測讓兩人都是一驚，霍啟晨立刻抓起電話打給吳京，劈頭就道：「京哥，你那邊有記錄過，每次凶殺案的消息曝光後，原作小說的銷量和改編電影的關注度都增加多少嗎？」

霍啟晨這天外飛來一筆的問題讓電話那頭的吳京也愣住了，但他很快就專業地回道：「沒有特別明確的記錄，但是這些數據都很好找，我現在就可以整理出來給你。」

「好，那你整理好後寄給我，麻煩你了。」

等霍啟晨掛了電話，楊志桓也抱著手臂點評道：「好像有道理啊？這些案子出來之前，也沒多少人關注這什麼小說跟電影……啊，我知道你是他的書迷，但平心而論，他的書還沒有紅到全市民都知道的程度吧？如果沒這幾件案子，我根本不知道這小子跟這本什麼、什麼警事的書咧。」

「嗯，我明白學長的意思。」霍啟晨倒沒有因為自己的偶像被人看低就忿忿不平，順勢說道：「其實不只沒衡跟他的書曝光度增加了，還有一個人也是。」

他拿起白板筆，將倪疏那張「束光警探」的定裝照圈了起來。

「認真要說的話，靠著凶殺案獲得更多關注與名氣的人，是他才對。」

楊志桓轉身就將會議室的門關上，確認房裡的對話聲不會傳出去，這才低聲說道：

「你確定嗎？這猜測是不是有點太……太跳躍了？」

「但你無法否認，這些凶殺案背後的得利者就是他。」

雖然這個推論看起來相當荒謬，但仔細一想又會發現，如果真的把「提高小說銷量」、「增加改編電影的關注度」、「捧紅倪疏」等等視為目標，凶手的所作所為便有了些許合理性。

而且案子一次次被拋到大眾面前，這做法就好像在替這部改編電影預熱宣傳般，先是讓大家知道有這本書和這部電影、接著是讓大家熟悉原作者與主演者是誰、最後讓所有人都聚焦在倪疏這位男主角身上……

曝光第三起案件的影片最後，凶手特地讓所有人都看清楚，扮演束光警探的人就是倪疏，搞得一些不明所以的人真的以為現實裡有一名叫束光的警察，然後他長得就是海報上那個樣子。

看霍啟晨說的這麼信誓旦旦的樣子，楊志桓也有點被說服了，但還是不敢妄下結論，語帶猶疑地問道：「這是不是有點太扯了啊？為了成名，殺了三個人？這、這……」

「學長，你辦過的案子比我還多，你知道人可以為了更離譜的理由殺人。」

楊志桓插著腰，無奈地嘆了口氣，因為霍啟晨說得對極了。

如果要說這二十多年的警探生涯都教會了他什麼，其中一個就是：有些人就是神經病，你無法理解他為什麼可以因為這種扯淡的理由殺死一個人。

然後楊志桓忽然想到一點，急忙說道：「對了！這就對了！死者的關聯性找到了！」

不等霍啟晨追問，楊志桓就指著那三張被害人的照片說道：「第一個是記者，他本來就是去報導電影的新聞，被找上很合理；第二個是追星的小妹妹，去參加粉絲見面會，本身跟倪疏有關連；第三個法醫室的實習生，我記得前幾天有聽王局長說，劇組來跟他借人，想請一個懂法醫鑑識知識的『顧問』來協助他們寫劇本，這小子可能就是最後被發派去打發編劇的人！串上了，大家都串上了！」

三名死者，雖然在私人交際圈上沒有重疊，但他們都和《西城警事：慾望殺機》這部電影有關！

霍啟晨的推測逐漸從荒謬變得寫實。

就在這時，一道人影闖入會議室，打斷了兩人的討論。

路浚衡行色匆匆，看起來比平時要凌亂狼狽，一進門就對霍啟晨道：「你、你早上出門的時候，怎麼不叫我呢？而且我剛剛打你手機，你都沒接……」

他說著說著才注意到楊志桓也在這裡，隨即意識到這不是談私事的好時機，乾笑道：「楊哥，早啊！是案子有什麼新進展了嗎？」

楊志桓的視線在霍啟晨和路浚衡之間掃了幾回，挑了挑眉尾才說道：「我們在討論新的嫌疑人。」

「哦？誰啊？」

路浚衡順著楊志桓手指的方向看去，視線在觸及倪疏那張被打上紅圈的照片時，整個人瞬間僵住。

「倪疏？嫌疑人？哈哈，楊哥你真幽默……」路浚衡的笑聲漸漸停下，因為他發現楊志桓和霍啟晨的表情相當嚴肅，絕對不是在開玩笑。

「等一下，讓我統整一下狀況。」路浚衡指尖敲著唇瓣，隨後一臉匪夷所思地道：「你們該不會是懷疑倪疏為了搏知名度，就殺了三個人吧？用凶殺案把群眾視線全放到這部電影跟他這個男主角身上，哪怕事後電影可能直接因為輿論壓力被斬，他根本拍不了片，也還是可以竄紅一把？」

「確實是這樣。」霍啟晨淡淡應了聲，又隨口問道：「電影會被斬嗎？」

「呃，這好像不是重點……不過，市府那邊確實有過這個考慮，覺得現在電影跟凶殺案牽扯太深，繼續製作下去，社會觀感不好，所以還滿可能取消拍攝的。」

路浚衡揮揮手，一副不想多談這件事的樣子，硬是把話題拉回來，說道：「雖然這理由好像說得過去，但直接把倪疏列為嫌疑人是不是太武斷了？以獲利角度來說，電影知名度打開的話，片商也能大賺一筆啊！現在有這麼高的討論度，他們只要拋棄道德底線，用真實的凶殺案當廣告素材來預熱電影，一樣可以引起票房增長，這比什麼買公車廣告、地鐵廣告要來得有效多了。

「而且真要從這個角度剖析的話，我也是得利者。你們是不曉得，這段時間我的書賣得有多誇張，整套《西城警事》都再版了，第一集《慾望殺機》直接十刷，十刷欸！我光是下一期能領到的版稅，就能買一艘快艇了好嘛。」

買快艇這件事大概是讓楊志桓大開眼界了，正想附和路浚衡說得也有道理，霍啟晨便搶先說道：「但相較於你講的這些人，倪疏是起始點最低的那個，獲利空間最大，不是嗎？況且你也說他是個『為了事業，什麼事都願意做的狠人』，為此殺人也是有可能的事。」

「就算這麼說……」路浚衡還是覺得這個猜測過於匪夷所思，想了想後又反駁道：「不對，你別忘了，第一起案件發生的時候，倪疏跟我都在舞台上受訪，他哪來的時間殺人？」

「就不能是他找一個幫手替他做這些骯髒事嗎？他身邊那個經紀人不就是很好的人選？幾乎沒有人注意到石承榆的存在，但他又可以輕易接觸到三名死者，在大家把目光放在倪疏身上的時候，他就可以悄悄幫他把所有工作做了，還不會有人懷疑到他身上。」

聽著霍啟晨這環環相扣的推理，路浚衡不禁失聲說道：「但我真的覺得倪疏不像是殺人犯啊！這其中肯定有什麼誤會吧？」

「你那麼喜歡他，當然不覺得他像個壞人，但辦案依據的又不是你的感受，是實質證據才對，我不需要一個會被感情左右判斷力的搭檔！」

霍啟晨此話一出，路浚衡愣了，楊志桓也愣了。

然後就見這名老警探站起身，理了理從來就沒整齊過的衣領，故作鎮定地道：「我去重新排查一下倪疏和石承榆的不在場證明，有結果了再跟你們說啊，我先走了。」

楊志桓離開時，還貼心地替兩人鎖上會議室的門。

路浚衡也不管現在是上班時間、不適合表現得過於親暱，等在場沒有第三人時，就立刻坐到霍啟晨身邊，牽著他的手焦急地問道：「你怎麼了？為什麼這麼生氣？我、我做錯什麼事了嗎？」

昨晚兩人溫存時的甜蜜感還在他心頭縈繞，路浚衡本以為相互告白又共度一夜的他們會變得更加親密，結果一早醒來就發現床邊的人早就先一步離開了，沒有留下紙條或簡訊，一句話都沒說就走，情況簡直比一夜情後的隔日還要空虛。

路浚衡雖然覺得好像哪裡不對勁，但想到霍啟晨內向木訥的性子，便猜測對方是不是太害羞了，需要一點時間消化昨晚的濃情密意，也就沒做多想，只是急匆匆地出門，想快點再見到幾小時前才躺在自己身邊的戀人。

但此刻，霍啟晨對他的態度壓根就不是害羞，而是冷漠，彷彿他們兩人之間什麼也沒發生過，甚至還比先前更加疏離陌生。

可他們昨晚不是已經……

霍啟晨垂下視線，雖然沒有掙脫路湲衡的觸碰，卻也沒像之前那樣給予回應，只是冷冷應道：「我說了，我不想要一個被感情左右判斷力的搭檔。倪疏的嫌疑那麼大，你卻用你覺得他不是殺人犯這種理由反駁我，我無法接受。」

「就算是這樣，但倪疏他——」

霍啟晨終於忍受不了地低吼道：「你到底是有多喜歡他！為什麼要一直替他說話！都已經死了三個人了，你還要看他殺多少人來成就自己！」

路湲衡完全搞不懂霍啟晨為什麼突然發這麼大的脾氣，接著後知後覺地發現，對方說了不只一次那句話——

「你、你該不會……」路湲衡忽地抱住腦袋，驀地崩潰大罵道：「我這蠢蛋！我在幹麼啊啊啊啊！」

他一邊大叫一邊把頭往桌子上撞去，霍啟晨嚇得立刻伸手去擋，才沒讓他的額頭和會議室的玻璃桌面親密接觸，只在他柔軟的掌心上頂了幾下。

「你怎麼又這樣子？」霍啟晨無奈地扶正了路湲衡的臉，沒好氣地道：「好好說話！」

路湲衡按住捧著自己臉的手，欲哭無淚地道：「因為我是蠢蛋啊！對不起，我應該好好跟你解釋的，我跟倪疏……你是不是把我們的緋聞當真了？不是啊，那個都是演的！我跟倪疏之間的關係就是單純的工作夥伴，真的只談工作不談其他的，你相信我！」

路浚衡真的覺得自己蠢透了，為什麼會認為自己一句話都不用解釋，霍啟晨就能理解並體諒這一切？

從霍啟晨的角度看來，路浚衡根本就是前一秒還在潛規則一位想攀關係上位的男演員，下一秒就想靠花言巧語把自己拐上床。

這都不能說是濫情劈腿的負心漢，而是以玩弄別人身心為樂的敗類渣男才對！

他當然不會怪霍啟晨怎麼對他一點信心都沒有，寧可相信那種毫無真實成分的花邊新聞，因為他自己一直以來就是這種遊走於花叢的玩咖形象，被懷疑也是應該的。

尤其他還有那種隨便亂挑逗別人的黑歷史，簡直前科累累！

他嘴上的「喜歡」真的不值錢，而這價值之所以會掉到谷底，全是他自己造的孽。

昨晚的甜蜜情景浮現在腦海裡，但在去除旖旎的「濾鏡效果」後，路浚衡逐漸回味過來，感到甜蜜的人，似乎只有他一個？

他在霍啟晨眼中看到的那些悲傷、痛苦與無措，他都以為那是對方因為經驗不足而緊張不已，才會出現那些情緒。

但現在想來，霍啟晨是真的難過，難過把他抱在懷裡的男人不久前也對其他人做著一樣的事，說不定還說著一樣的甜言蜜語，無論抱著誰，只要那個人可以給自己一晚上的歡愉就行。

總之就是個為了爽上一把，什麼海誓山盟都能講出來的花花公子。

難怪霍啟晨一早什麼話都不想說就走了，他們兩個這樣的情形，跟昨晚在酒吧看對眼就回家打了一炮的一夜情有什麼分別？

聽到路浚衡的解釋，霍啟晨表情一愣，半晌才冷冷地反問道：「所以呢？」

「所以，我說我喜歡你，是真的喜歡你，心裡只有你一個。我對倪疏沒有偏見，對他當然也沒有特殊好感。我和他弄這個緋聞出來，完全就是為了轉移大家的焦點，不要一直討論凶殺案，真的就只是這樣……」

看著霍啟晨那雙波瀾不興的黑眸，路浚衡第一次感到如此無力，明明他們兩個就互相喜歡，但為什麼霍啟晨偏要把他推開？

是因為他認為，路浚衡給不出真正的承諾，所以乾脆留下一晚的激情回憶，然後就能和這段看不到未來的關係徹底做個了結？

他感覺霍啟晨正慢慢抽回手，抬眼就見他又露出和昨晚一樣悲傷的眼神，悄聲說道：

「你心裡有一個人，但不是我……也不是倪疏。我們都只是剛好和那個人有些相似之處而已。」

那是個虛構的角色，卻寄託了作者最真實的情感，而這些無從立足的情感，最終只能落在幾個與角色相似的人影之上。

「什麼？誰？你在說什麼？」路浚衡不明所以，但還是努力想聽懂，只能焦急地望著霍啟晨，希望他再多解釋一點，好讓自己能搞清楚到底該怎麼做，才能挽回這段都還沒開始就無疾而終的戀情。

但霍啟晨沒給他這個機會，收回按在他臉上的手，又恢復了以往的冷冽，淡淡說道：「我不想再談這件事了，而且我們也沒時間談這個，應該要盡快去抓捕凶手才對。」

「我……」路浚衡欲哭無淚，但又知道他喜歡的人其實是個既固執、又習慣逃避處理情感問題的傢伙，現在逼著對方和自己繼續談下去，只會造成反效果。

就在他急得跳腳時，口袋裡的手機發出一連串收到訊息的提示音，他翻出來看了看後，猶豫著說道：「啟晨，那個……你應該知道我之前找了方律師去處理阿姨的事？」

這話題果然讓繃著臉的霍啟晨立刻破功，急匆匆地問道：「姨媽那邊出什麼事了嗎？」

「別緊張，方律師只是來跟我說，阿姨還在猶豫到底要不要提這個離婚訴訟。你表妹勸好久了，阿姨還是沒辦法下定決心，所以方律師提議，要不要大家一起坐下來談一談。

「嗯，我想他其實應該是想問，能不能把你也帶過去，一起勸阿姨盡快下決定。按照他的經驗來看，這種家暴訴請離婚的案子拖得越久，阿姨同意的機率就會越來越低，所以……」

霍啟晨又一點一點把臉藏到手掌下，身子都在微微顫抖，良久後才啞著嗓子道：「對不起，我辦不到……我不想做這件事……我可不可以不要做這件事……」

先是把她兒子送進大牢、接著又要勸她跟丈夫離婚，霍啟晨感覺自己正一步步拆解著徐家，讓何淑淑家破人亡。

他辦不到，他真的辦不到。

聽著那副快哭出來的嗓音，路浚衡心疼得要死，撲上前緊摟著霍啟晨，不顧對方的抗拒，低頭吻了幾下他的額際，柔聲說道：「沒關係，我來。阿姨需要的可能是外人的提醒，身為家人的你們去勸，反而還勸不動她。我現在就去醫院跟阿姨好好談一談，你什麼都不用管，專心查案就是了。」

霍啟晨其實能輕易掙脫路浚衡的箝制，但這個懷抱實在太令他依戀，便只是象徵性地掙扎幾下，而後窩在他懷裡頹然道：「你到底……到底為什麼要對我這麼好？」

他真的不明白自己到底有什麼好，值得路浚衡這樣為他奔波操勞。

又或者，這就是路浚衡的性格，他熱情又溫柔地對待身邊每個人，他只是有幸站在他的視線裡，順便接受了他的善意而已？

「因為我超級喜歡你，我親愛的搭檔。」

路浚衡又低頭親了一口霍啟晨的眼角，替他吻去快要憋不住的淚水，然後藉機懇求道：「回來之後，再好好談談我們之間的事，可以嗎？拜託了，給我個機會吧？給我們之間一個機會吧？」

路浚衡覺得自己真的好卑鄙，在此刻提出這樣的要求，霍啟晨肯定不忍心再拒絕他，願意咬牙逼自己面對這個問題、去聽他到底還能說出什麼辯解之詞。

果然，霍啟晨垂下眼簾，艱難地點頭同意。

「太好啦，那你等我的好消息！」路浚衡興奮地揮著拳頭，隨後笑道：「你看我們，分工合作得多好？果然是超級王牌搭檔！」

不等霍啟晨多說什麼，路浚衡又風風火火地離開了，這種想到什麼就去做的急性子讓他有著孩子氣的毛躁，但當他這麼做是為了盡一切力量幫助你時，你真的無法對他生氣。

霍啟晨嘆了口氣，起身走到白板前，將倪疏的照片扯下。

「凶手……希望不是你吧。」

——如果由他親自挑選來主演束光警探的人，是個心理變態的連續殺人魔，他會很難過的吧？

◆

「咦？我表哥沒跟你一起過來嗎？」

路浚衡剛拐進VIP病房外的走道，就與出來裝水的徐安湘碰個正著，後者四處張望了一下，才確認來的人確實只有路浚衡一個。

「唉……妳知道他為什麼不來的吧？」路浚衡搖搖頭，不給徐安湘回應的機會就跳過這話題，轉而問道：「現在方便跟阿姨說話嗎？」

「不方便也得方便。你可是大金主，從住院、身體檢查到打官司的律師都是你包的，大金主想幹麼都可以。」

雖然話語內容頗為嘲諷，但徐安湘的口氣卻很平靜，似乎只是在陳述一個事實，對此並未抱太大的情緒。

路浚衡也不介意她那張損人的嘴，小心翼翼地推開病房的拉門，正好與坐在床上的何淑淑一眼對上。

先前與丈夫爭執後，何淑淑被推倒在地，還挨了幾記拳腳，本以她的年紀來說，這樣的遭遇下可能就是產生一些皮外傷罷了，心裡受到的驚嚇反而比身體的傷勢要嚴重得多。

但這些年為了徐安霖的事過度操勞，也從未好好照顧過自己，何淑淑的身體狀況遠比她的年紀還衰老，這一跤摔下去就摔出了踝骨骨折。

而後來醫生建議做的斷層掃描，還查出她身上有大大小小的骨裂，都是長期累積下來的傷勢，從體表看不出什麼特別徵兆，卻始終沒有痊癒，讓她的身子每況愈下。

好在這些傷都不至於危及性命，只要花一段時間好好休養就行，所以路浚衡大方地包下所有醫療花費，還把何淑淑轉到舒適的單人病房，原本還打算安排全職看護，是徐安湘表示她可以自己照顧母親，才少了這項服務。

此刻的何淑淑就坐在病床上，左腳打上石膏固定，腿上放了一大堆文件，正吃力地一邊閱讀、一邊聽身旁的律師解說，不時推推鼻樑上的老花眼鏡，眼神裡盈滿了茫然。

「阿姨好。」路浚衡笑著朝何淑淑點頭招呼，又轉頭對律師道：「方律師，我跟阿姨聊聊，你今天就先回去吧，後面有什麼計畫我會再通知你。」

何淑淑看著進門的男子，緊張的情緒全寫在臉上，但還是勉強地勾起笑容，熱情道：「湘湘，去拿張椅子給浚衡！浚衡，吃過早餐了嗎？工作忙不忙？麻煩你那麼多事，真是不好意思，其實阿姨這邊——」

「阿姨，離婚吧，不要再折磨自己了。」

何淑淑的笑容僵在臉上，頓時不知道該如何回應路浚衡的話。

路浚衡給何淑淑一點時間回過神，這才開口續道：「阿姨，就算妳想自我折磨，也別連累啟晨，可以嗎？妳把自己的人生過成這樣，啟晨很難受，真的很難受。」

然後他指著在一旁沉默不語的徐安湘，又道：「妳別看妳女兒這副只想當個無所事事的貴婦、對所有事情都蠻不在乎的樣子，妳為了兒子和丈夫把自己折磨成這樣，她怎麼可能不難受？

「妳知不知道，她多怕妳就此對人生絕望，打了多少電話、寫了多少簡訊給啟晨，希望他來探望妳，讓妳知道妳其實還有個很愛妳的『兒子』？」

路浚衡的每一句話都重重打擊在何淑淑的心口上，讓這名未老先衰的女人一瞬間淚流滿面。

「啟晨是妳一手帶大的孩子，妳肯定比我還清楚他是多善良多溫柔的人，也比我清楚他內心其實有多脆弱。他到現在都不來探望妳，是因為他很害怕。

「他覺得自己是害得妳家庭不美滿的罪魁禍首，他怕妳當著他的面說妳恨他、妳要跟他斷絕一切關係，所以乾脆不來見妳，那這些令他害怕的事就永遠不會發生。」

路浚衡在這段時間裡看著霍啟晨只要觸及家庭問題，就會像個被擊破的花瓶，不知道得花多少時間與心力才能把碎片拼回原狀，心裡就很不是滋味。

他其實很討厭何淑淑，真的很討厭。

這女人對自己親生兒子的溺愛、對丈夫施行暴力的容忍，那都是她自己的選擇，所衍生出來的痛苦也該她一人承受才對。

可事實上，有一大半的痛苦都落到了無辜的霍啟晨身上，弄得他遍體鱗傷。

所以，霍啟晨做不到的事，路浚衡選擇替他做了。

「妳傷啟晨最重的，就是直到現在還不肯放棄徐安霖，一直拿妳把他養大的恩情當籌碼，勒索他幫徐安霖擺平問題。但徐安霖沒救了，妳真的該清醒了，好嗎？」

路浚衡拿出霍啟晨先前調出來的監獄記錄，放到何淑淑面前，逼這名女人看清楚自己到底都在為什麼樣的「畜生」求情。

「啟晨不敢告訴妳這件事，因為他捨不得妳傷心，但我無所謂，我覺得妳最好傷心透頂，然後就能醒悟過來，自己到底都在做什麼蠢事。」

病房裡陷入一片寂靜，何淑淑努力想看懂那些記錄，一旁的徐安湘也一起閱讀著，反應顯然比母親快多了，一下就看出其中蹊蹺，然後終於露出怒不可遏的表情，大聲咒罵起她的親哥哥。

「混蛋！畜生！敗類！這傢伙最好給我死在監獄裡！」徐安湘發出歇斯底里的尖叫，也不再對身心俱疲的母親好言相勸了，而是罵道：「妳到底要讓這傢伙摧毀我們家多少次！妳這樣對我公平嗎！對啟晨表哥公平嗎！」

「我、我不知道……霖霖不是這樣告訴我的……」何淑淑不可置信地呢喃著，又無助地望向路浚衡，那眼神彷彿在問他，為什麼要揭穿這一切？為什麼要逼她面對現實？

路浚衡看這著名執迷不悟的女人，他可以為了霍啟晨好好照顧她的生活起居，但這之中並不包括對她的愚蠢舉動一忍再忍。

他的溫柔一向只留給他覺得值得交付的人，其餘他看不上眼的人，只會體驗到他的冷漠無情。

「我太喜歡啟晨了，不能忍受任何人傷害他，所以我希望妳快點停止這些讓他傷心的行為，放棄替妳那個敗類兒子開脫，把會打妻小出氣的丈夫離掉，好好過自己的生活，還啟晨一個快快樂樂、頤養天年的姨媽。」

路浚衡起身走到何淑淑的病床前，居高臨下地看著她，臉上早就沒了他一直以來所表現出的溫文儒雅，而是一片冰冷。

「妳做不到的話，我會幫妳。我會讓妳的廢物兒子今晚就死在監獄裡，設法讓妳的暴力丈夫生不如死、從此消失在啟晨面前。然後，我會買一棟大房子把妳關在裡面，像養狗一樣養著妳，讓啟晨想妳的時候就可以探望妳，還不用怕被妳拒於門外。」

路浚衡勾起笑，那表情就和他進門打招呼時的樣子如出一轍，彷彿他只是進來說了幾句「天氣挺好、早餐我喝了豆漿」之類的閒聊。

「我答應啟晨會帶好消息回去給他，我想告訴他，他姨媽決定擺脫過去人生的晦暗與痛苦，迎接一個美好的全新未來……我可以這樣說的，對吧？我可不想對我的男朋友撒謊。」

何淑淑此刻只感到寒毛直豎，所有情緒都化作恐懼，愣愣地看著眼前這名笑起來頗為迷人的男人，害怕得一個字也說不出口。

不需要什麼證明她就知道，路浚衡會說到做到。

「那我就不打擾阿姨休息了，再見。」

走出病房，路浚衡呼出一口氣，整理一下衣領後便從容地邁步離去，好像方才在那裡出言威脅何淑淑就範的人不是他，他不過是個來探望霍啟晨的長輩、替對方噓寒問暖的貼心搭檔罷了。

「嗯，回去的路上買個蛋糕？巧克力……不，太膩了，他好像不太喜歡那種口味，還是水果的好了……」

路浚衡用手機刷起甜點店的網頁，想從目錄上先挑出幾個合適的品項，然後再到店鋪裡做最終選擇。當電梯門在地下停車場樓層打開時，他看到了一道意想不到的人影。

「路老師，我這裡有一些關於劇本的問題想請教你。」

路浚衡看了看空無一人的停車場，然後又望向站在面前的石承榆，看著他面無表情地從口袋裡抽出手，戴著手套的指尖上夾著一支針筒。

「……Shit。」

「……當天的情況確實很混亂，主要就是因為原本由石先生負責的事務都落到我身上，讓我額外承擔了很多聯繫與調度工作。而我不得不接手的理由，就是因為石先生在活動中途，有一半以上的時間都不見人影。我問過倪疏怎麼回事，他那時告訴我，因為有幾位記者臨時提出要求，想安排會後做一個男主角的專屬訪談，所以他的經紀人必須先去和那些人討論問題集，才會分身乏術。

「然後是粉絲見面會的事。其實當初在討論要做什麼補償方案時，我是不同意做線下活動的，因為我怕凶手很可能就躲在粉絲群裡，說不定正在找機會對作品相關人員不利。但石先生很堅持要給粉絲有面對面互動的機會，所以我就以擔心浚衡的人身安全問題為由，和他們區隔開來，浚衡這裡只舉辦線上活動，而倪疏他們想怎麼搞都可以，我不配合也不干涉。

「至於聘請專業人士協助劇本工作的事，我並沒有參與到。其實我們出版社在這一塊都有固定合作的顧問，幫作者修訂故事內容中所引用的專業知識，所以當初劇組提到他們這個需求時，我是把我們出版社合作的那位顧問推薦過去了，但我不知道為什麼他們最後沒採用，而是跑去找法醫室的實習生合作……」

吳京說得有些口乾舌燥，正巧最後一個疑問有人可以補充說明，他便順勢坐回椅子上，端著水杯狂喝起來。

「這件事是我牽線的，當時出面提出請求的就是石承榆，他說希望有個人手可以就近協助劇本人員完善劇情細節，我就讓法醫室挑個有空的人過去幫忙。」王秉華嘆了口氣，沒想到自己也有被殺人凶手算計的一天。

但眼下也不是感慨這種事的時候，王秉華隨即總結道：「石承榆既沒有明確的不在場證明，又可以輕易接觸到三名死者，同時他也擁有操控社群媒體的手段與資源，是真凶的機率相當大。

「但我們還不能確定他下一步動作是什麼，也暫時沒有直接證據可以證明他是凶手，所以接下來一定要小心安排調查動向，絕不能打草驚蛇。我們不知道他被刺激到後，是會選擇逃亡、還是選擇大開殺戒，這種事真的不要去賭，我們賭不起。」

經過一上午的調查，霍啟晨的推論被證實是目前最符合案情的一種，而石承榆身上的種種疑點也被挖出，並發現他完全符合了之前對凶手的犯罪側寫，既有動機、又有契機，去完成這三起模仿小說情節的謀殺案。

雖然他們也懷疑到倪疏身上，但由於他在這三起案件中都有著牢不可破的不在場證明，除非他們能找出他是共犯的證據、或是在主嫌被捕後獲得相應的供詞，不然他們只能假定倪疏是無辜的，他只是不幸遇上一個想捧他想到瘋了的經紀人，這些人的死或許是他的錯，但不是他下的手。

此刻有了石承榆這個重大嫌疑人，很多問題便有了解決方向，凶案組手上多的是各種從案發現場找出來的跡證，只要能成功將它們與石承榆連上，那這起案件就能宣布告破。

「石承榆現在的動向是誰在盯？」王秉華問了一聲，馬上有個凶案組的警官舉手應答。

「一個小時前確認過，石承榆帶著倪疏在片廠附設的健身房進行體能訓練課程。」那名警官說完後又補充道：「但我們暫時沒有取得倪疏完整的行程表，也不能保證石承榆會一直跟著他行動……有需要展開二十四小時跟監嗎？」

王秉華思索起這個好問題，忽地注意到身邊的霍啟晨始終不發一語，便出聲問道：「小晨，你問一下路顧問，看有沒有辦法靠他跟倪疏的關係要到完整的工作行程表……怎麼了嗎？」

霍啟晨搖搖頭，又猶豫了一下才應道：「浚衡已經好幾個小時沒回訊息，我……有點擔心。」

這話讓會議室裡的人都愣了一下，又覺得有點好笑，因為霍啟晨這語氣彷彿路浚衡是個忘了按時報平安的小朋友，而他自己則是大驚小怪的家長。

但就在有人準備出聲譏笑他時，會議室外響起敲門聲，就見倪疏被員警領著出現在門口，探頭進房間裡掃視一圈，語氣拘謹地問道：「請問路老師在哪裡？我有事要找他，但一直連絡不上他。」

霍啟晨刷地站起身，一把將倪疏扯進會議室，衝著他就問道：「你什麼時候開始聯繫不上浚衡？你找他又有什麼事？」

倪疏被霍啟晨這粗魯的舉動嚇了一跳，好看的眉宇皺了起來，但還是按捺著不悅回道：「我只是想請路老師給一些宣傳海報的構圖意見而已，我大概半個小時前打電話的，打了兩次沒接，訊息也未讀，我就想說直接來第一分局，可能就能找到他。」

這下子，眾人也察覺事有蹊蹺，霍啟晨更是直接拿出手機撥打，對面很快就接通電話。

「喂？表哥？有什麼事——」

「浚衡離開醫院了嗎？」

「他？幾個小時前就走啦。」

在霍啟晨與徐安湘通話的同時，王秉華也問倪疏道：「你知道你的經紀人現在在哪裡嗎？」

「Andy哥？」倪疏被此刻的狀況搞得一頭霧水，也懶得保持先前的禮貌，口氣不耐地反詰道：「我怎麼會知道？他才是經紀人，是他掌握我的行蹤，又不是我掌握他的，他只要保證可以讓我隨傳隨到就行，我管他現在在哪裡。你們問這些做什麼？」

這時的霍啟晨已沒了先前的鎮定，一股強烈的不安在心中發酵，立刻朝身邊最近的警探說道：「你去確認浚衡離開市立醫院後的蹤跡，搞清楚他到底有沒有成功離開醫院！」

「哈？我去？憑什麼——」

「順子，馬上去！」楊志桓忍不住對下屬發出怒吼，又對其他人訓斥道：「現在都給我進入全面動員狀態！誰他媽再不聽指揮，我就讓他去市立公園開半年的違停罰單！」

眼看老組長發怒，其他組員這就安分下來，乖乖聽從新的任務發配，霍啟晨又抓著倪疏說道：「你現在馬上打給石承榆，問他到底在哪裡，但語氣盡量保持平常狀態，不要讓他察覺異狀。」

倪疏被眼前的陣仗弄得更加迷糊，不安又緊張地追問道：「現在到底是怎麼回事？你到底想要我做什麼？」

「石承榆為了捧紅你已經殺了三個人，我們懷疑他可能會對路老師不利，請你從現在開始盡力配合調查，不然我絕對會把你視作共犯，甚至是主謀，為這三條人命負責。」

霍啟晨的嗓音聽著很冷靜，但顫抖的手出賣了他的情緒，泛紅的雙眼死死瞪著倪疏，讓後者明白他沒有半句虛言。

「我、我現在就打電話……」倪疏嚥了嚥唾沫，在眾人的注視下撥通電話，並轉為擴音，會議室裡很快就陷入一片寂靜，只剩下撥話的鈴響。

「……喂？」

聽到石承榆的聲音，所有人面色一緊，倪疏也深吸一口氣，驀地換上一副稀鬆平常的神情，隨口問道：「Andy哥，你現在在哪裡啊？」

「我在處理一些事情，怎麼了──」

砰！砰砰！

話筒那頭忽然傳來幾聲悶響，打斷了石承榆的回應，幾秒後才又聽他用木然的語調說道：「不好意思，東西掉了。小疏，有什麼事嗎？我現在有點走不開，如果你需要人接送的話，我幫你叫車子好嗎？」

倪疏一臉無助地望向這一屋子的警探，完全不知道自己該怎麼回話，只是看楊志桓抬著手不斷畫圈，顯然在督促他繼續閒聊下去，讓他只能硬著頭說道：「沒關係，那你忙你的，我有事去找路老師就好，他會幫忙的……其實你遇到什麼困難，也可以跟他說，他答應了會幫我找最好的出路，所以——」

「不用！」

石承榆忽然發出一聲怒吼，嚇得倪疏差點把手機扔飛出去，眾人就聽他繼續罵道：「我們不需要他！他就是個想占你便宜的混帳，沒有他你也能拍很多戲、賺很多錢！他是原作沒錯，但這部電影沒有他也照樣可以上映，我們根本不需要討好他，也不需要他的幫助！你不要再接近他了！」

「Andy哥，你、你別生氣……我知道了，我不會再去找路老師，你別生氣……」

「沒事、小疏……沒事……抱歉，我不該凶你，這不是你的問題，是我不夠好，沒幫你爭取到更好的機會，我會想辦法的……我會的……呵呵、呵呵呵……」石承榆的嗓音弱了下去，連在擴音的情況下都有些聽不清，卻又能從那若有似無的呼吸聲裡聽出一絲癲狂。

倪疏只能催眠自己正在拍一幕瘋狂的戲，嘴裡說出來的都是編劇寫好的台詞，繼續用偽裝出來的正常語調說道：「Andy哥，我說過了，不用急的，我們努力打拚這麼久了，再多等一下也沒關係，我很快就能紅的……你不是一直這麼相信的嗎？我會是你手上最耀眼的巨星。」

「沒錯，就是這樣，我答應過你的，會讓你變成超級巨星，給那些曾經瞧不起我們的人後悔！沒錯，就是這樣……你閉嘴！」

「Andy哥？」

「抱歉，小疏，我剛剛不是在和你說話。我們說到哪裡了？噢，對……」

電話裡出現了一段令人不安的寂靜，倪疏也不敢催促，正慌亂地用眼神尋求協助時，就聽石承榆又開口道：「小疏你說過，最好的演技就是讓觀眾感受不到你在演戲，你就是那個角色本人，而不是披著一張人皮做拙劣的扮演……

「我在為你準備一個禮物，能讓你徹底成為『東光警探』的禮物，你可以好好期待一下。」

「什、什麼？Andy哥？喂、喂？」

石承榆放下手機，低頭看了一眼蜷縮在地的身影，又抬腳猛踹幾下，聽著那人發出痛苦的喘息與嗆咳聲，才露出滿意的笑容。

「路老師，打斷別人講電話是不禮貌的行為，請不要再這麼做了。」

石承榆一把拉起路浚衡，隨後拿出封箱膠帶，將他整個人綑在椅子上，雙手也牢牢束縛在座椅的握把上，最後撕了一小截膠帶舉在後者面前，似乎在猶豫要不要把他的嘴也貼起來。

路浚衡只覺得頭暈得想吐，先前被注射的藥物應該還沒代謝乾淨，讓他的痛覺也有點遲鈍，因為按照他的計算，石承榆方才起碼揍了他整整五分鐘，但他現在只有一些不明顯的鈍痛和遲滯感，一點也不合理。

「是因為K他命的關係嗎?哎呀，我這副乾淨的身體可從來沒吸過毒，就這麼破功了……但這感覺也太糟了吧?一點也不嗨啊?怎麼會有人喜歡吸毒咧……」路浚衡一副神智不清的樣子，似乎沒意識到自己把心裡話直接說了出來，絮絮叨叨個不停。

一旁的石承榆面色不耐，最後還是決定把膠帶貼上去，徹底堵住這張令人生厭的嘴，然後坐回自己的位置上，繼續趴在桌面上寫寫畫畫，很快就沉浸在自己的工作裡。

路浚衡在椅子上搖頭晃腦，像個喝多了的醉漢，趁隙用眼角餘光觀察起整個房間，然

後就越看心裡越寒，感覺自己真的凶多吉少。

在醫院被襲擊後，路浚衡再醒過來時就發現自己出現在這個昏暗狹小的房間裡，石承愉二話不說對著他一頓暴揍後又接了一通電話，然後就把他捆起來了。

他們此刻所在的這個房間很小也很黑，明明有一扇窗戶，但玻璃上卻貼滿了報紙，將大部分的光線阻隔在外，讓室內呈現出一股詭異的朦朧感。

不只是窗戶，牆上也貼滿了紙張，全都是倪疏的照片，從商業用的模特兒沙龍照、拍戲的定裝照、社群軟體上的生活照、到很有跟蹤狂味道的偷拍照，一張又一張地滿布牆壁，把原有的壁紙都徹底遮蓋。

最令人不安的其實還不是那些偷拍照，路浚衡就看見貼在最外層的新相紙上，自己和倪疏做著各種引人遐思的親暱動作，但照片上的他全都被刀片割得面目全非——

每一張都是。

情況已經很明瞭了，眼前這名男人雖然是倪疏的經紀人，但他對倪疏的情感，絕對不只工作夥伴這麼單純。

啊，這是什麼意料之外、情理之中的劇情轉折啊？路浚衡在心裡哭笑不得地想著，居然還不由自主地評估著自己遇上凶手的情節，如果放進小說裡，會不會讓轉場顯得得過於生硬？

這該死的職業病哦。

「嘖、不對……這樣不行……啊！」本來在安靜書寫的石承榆忽地發出暴躁的低吼，一手掀翻了桌椅，焦躁地來回踏步，然後又一臉憤恨地看向路浚衡，抬手就是一記鉤拳轟在他太陽穴上，把他打得視線都黑了幾秒才恢復色彩。

這是怎樣？把我當出氣筒嗎！路浚衡惱怒的罵聲被膠帶堵著，變成了毫無攻擊力的悶哼，還沒完全恢復力氣的身子扭了幾下便作罷，顯然也知道自己在這種情況下能順利掙脫的機率基本為零。

「都是你，都是你破壞了我的安排……不該這樣的，大家應該聚焦在小疏身上，看見他是一名優異的演員，是天生的明星……而不是為了成名就爬上金主床鋪的男妓！都是你！你毀了我的計畫！你毀了小疏！」

石承榆對著受困在椅子上的人拳打腳踢，直到對方好像完全失去抵抗的力氣，垂著頭氣若游絲時，才終於停下動作，又恢復原先的平靜。

路浚衡感覺嘴裡出現一絲腥甜，似乎有血液從喉嚨深處湧上，卻意外發現自己並沒有想像中那樣害怕，反而變得異常冷靜，思緒也快速活躍起來。

他抬起頭，被膠帶封住的嘴發出嗚嗚的低鳴，用帶著懇求的神情看向石承榆，像是在求對方饒自己一命，如此狼狽無助的模樣倒是讓這位喜怒無常的凶手很滿意，大發慈悲地撕去膠帶，讓他能夠大口喘氣。

「你現在是……呼、呼……希望倪疏能變成大明星是吧？」

石承榆沒料到路浚衡開口居然不是求饒，蘊含著瘋癲的雙眼微微瞇起，似乎已經在計畫要怎麼殺掉眼前這名讓他怎麼看都不順眼的男人。

路浚衡仔細觀察著石承榆的神情變化，一邊揣測這名瘋子的內心想法，一邊說道：「你現在抓了我，想怎麼做？你知道把我弄死了，跟模仿案也產生不了連結，還會讓大家模糊焦點，只關注我這個可憐的受害者……到時候沒有人會在意倪疏是誰，你這段時間來的努力也全都白費了，你確定要這麼做嗎？」

被說中痛處的石承榆皺起臉，怒罵道：「那是因為你！你非要搞這什麼緋聞來轉移大家的焦點，你弄臭了小疏的名譽，讓這些愚蠢的觀眾去討論跟電影無關的事，甚至懷疑小疏沒有真材實料，只會靠賣身換取名氣！我就該殺了你……我第一個就該殺了你才對！」

路浚衡試圖搞清楚石承榆那扭曲的邏輯思維，在意識到他心心念念的只有倪疏能不能成名這件事，便試探性地問道：「如果沒有我，我是說，沒有緋聞的事情，你打算怎麼辦？當所有人都注意到倪疏、所有人都看著他扮演的『束光警探』，然後呢？你想讓他在現實裡也跟小說劇情一樣，成為抓到凶手的英雄？抓到……你這個真凶？」

石承榆的臉埋在陰影中，看起來像是沒有表情，又像是在癲狂大笑，顫聲應道：「這樣不是很精采嗎？身為演員的他真的成為英雄，拯救這個陷入恐慌的城市，就像你小說裡寫的劇情一樣……老實說，我非常討厭你這個傢伙，但你寫的東西很有吸引力，很能煽動讀者情緒，束光警探這個角色深植人心，看過的人絕對會把他記在心裡……大家如果也能永遠記住小疏的話……呵呵……」

原來，凶手的確混淆了小說與現實的分界，他在一次次的模仿裡著了魔，然後等著他心目中的「束光警探」降下正義之光，為這個故事畫上一個癲狂的句號。

路浚衡不想去猜石承榆到底是怎麼瘋成這副德性的，只是順著他的話說道：「現在計畫出了偏差，但你還是有機會把它扭轉到你想要的結局去……相信我，論寫故事，我是專業的，我可以幫你想一個精彩的轉折，然後就像讀者都記得我筆下的束光警探那樣，這個城市的人也會牢牢記住倪疏。」

寂靜在兩名各懷心思的男人之間蔓延，良久後，石承榆撕開路浚衡雙手上的膠帶，然後將一台筆記型電腦推到他面前。

「開始寫你的新劇情吧，大作家。」

◆

「你覺得倪疏真的不知情嗎？」

「這……不好說欸，他演技好像還滿好的？現在這副無辜的樣子搞不好都是演出來的？」

「肯定知道！你看我挖到的內幕消息，他們兩個以前為了搶工作，幹了不少骯髒事啊，你看看這個競爭對手被他們整成什麼樣子！」

「嘖嘖嘖，演藝圈真可怕……」

一群警探在那裡一邊整理訊息一邊八卦，楊志桓倒也沒制止他們，只是視線在辦公區裡掃了一圈、又看向會議室，始終沒找到霍啟晨的身影，便有些困惑地問道：「小霍去哪了？有誰看到他了嗎？」

凶案組組員們面面相覷，然後紛紛搖頭表示不知道副組長的行蹤。

想到霍啟晨和路浚衡之間那說不清道不明的關係，楊志桓就隱隱擔憂他會不會做出什麼傻事，乾脆放下手邊的工作，開始找起這位年輕後輩的身影。

好在，他很快就找到人了。

只見霍啟晨一人關在偵訊室旁的觀察室裡，緩緩翻閱手上的筆記本，看似平靜的模樣卻只是一層假象，因為只要走近一看，就能發現他淚流滿面，正緊咬著牙根不讓自己發出一絲哭聲。

不久前，他們在市立醫院地下停車場找到霍啟晨借給路浚衡的車子，調閱監視器畫面後，能看到路浚衡剛走出電梯，就被等在門口的石承榆一針放倒，接著就被拖出了拍攝視角，兩人自此消失無蹤。

霍啟晨手上拿的正是路浚衡隨手放在車子裡的「靈感筆記本」，裡面寫了很多他的奇思妙想，還有不少他對周遭人事物的觀察剖析，方便他隨時能運用到自己的創作之中，讓故事能夠更加深植人心。

……啟晨是個很封閉的人，我還不知道他曾經經歷過什麼事，才會變得如此不自信，覺得凡事都是自己的錯、覺得自己不值得被愛。

希望他有一天能告訴我都發生了什麼，然後我會告訴他，他值得。

他就是那一束晨光，照進我的故事裡，點亮了一切，驅散我心中的烏雲，在拯救這個世界之前先拯救了我。

如此耀眼的他，當然值得被愛。

曙光，我的曙光……

「嗚、學長……」霍啟晨被開門的聲音嚇了一跳，慌亂地抹著臉上的淚水，將筆記本藏到身後，結結巴巴地道：「抱、抱歉，我馬上就回去工作……」

楊志桓抱著雙臂，想了想後覺得自己的風格就不適合當個溫柔的安慰者，當即開口罵道：「你到底在搞什麼鬼！都這種時候了，在這裡哭哭啼啼有什麼用！你搭檔現在就靠你救了，不然你看他那副德性，像是能自己打贏凶手的人嗎！還不快去想辦法找到他的行蹤！」

霍啟晨被吼得人都傻了，但又不得不說楊志桓這招還挺有效果，當即讓他忘記悲傷與痛楚，重振精神道：「我會的，謝謝學長提醒。」

「好啦，快去洗把臉，被那群蠢蛋看到你這衰樣，你以後就不用在他們面前抬頭了，沒人會聽你的話，知道嗎？」

「嗯……現在好像就已經不聽我的話了。」

「你不頂嘴會死是不是？」

楊志桓覺得自己的血壓又在狂飆，正想拿臭罵霍啟晨當降血壓藥，觀察室的門就被推開，瓶蓋那張臉擠了進來，匆匆說道：「倪疏剛剛收到石承榆寄的郵件，內容很奇怪，你們快來看一下！」

幾個人連忙來到會議室，就見牆上的投影幕上打著一封電子郵件的影像，內容是一大篇密密麻麻的文字，眾人看了半天才終於有個人打破沉默，小聲問道：「這是……一篇小說嗎？」

「是新的劇本大綱。」倪疏面色複雜地看著這封信，語氣不太肯定地道：「從內容來看，它跟原作小說的發展完全不一樣，但結局好像是能夠接上的。」

只見那份大綱裡提到，束光警探已經知道這名凶手的真實身分，凶手也對他提出「邀約」，告訴他即將發生第四起命案，束光警探如果真的是這座混亂之都的城市英雄，那就快點來逮捕他，從他手上救下第四名被害人。

這確實和原作故事的劇情不同，但如果救援行動真的成功，那現實就會和故事一樣，命案停留在第三起，不會再有新的亡魂出現在凶手刀下。

似乎為了增加劇情的緊張感，凶手還在信中提到，他將會每一個小時更新一次線索，最多會給予三次提示，束光警探最好是在所有提示給完之前推測出作案地點，不然等著他的就會是第四具屍體。

「所以Andy哥這是在做犯罪預告嗎？他已經承認自己就是殺人凶手，現在要邀請『束光警探』在他殺了路老師之前逮捕他？等等，他是想邀請『我』嗎？他把我當成束光警探了是嗎！」

倪疏這時才後知後覺地反應過來，然後苦著臉求饒道：「我要怎麼阻止他啊？我連他在哪裡都不知道啊！我不是束光警探，我只是個演員！我、我——」

「這不是寫給你看的。」

霍啟晨冷冷打斷倪疏，一遍又一遍讀著那些文字，看著字裡行間熟悉的文風與用字遣詞，終於認定，這表面上是一封犯罪預告信，但實際上是他親愛的搭檔寫給他的求救信。

「不需要看提示了，我知道他們在哪裡。」

真正的束光警探如此說道。

◆

「好了，大作家，該給第一個提示了，我要寫什麼？」

石承榆看了眼書店裡的擺設，上前推倒了幾個櫃子，確定從正門口可以直接看到店鋪中央的小舞台，不會有任何遮蔽，這才滿意地點點頭。

在挑選作案現場時，他聽從路浚衡的建議，用以對照他這名小說家的身分而選用書店作為「舞台」，進行這一場最終的表演。

不過他本來是覺得，隨便挑一間就可以了，但路浚衡告訴他自己手中就擁有一家小店鋪，這時間也已經結束營業，他身為店主還可以自由出入，不用擔心有人打擾他布置現場，這才採納了這個提議。

路浚衡再度獲得了被膠帶捆在椅子上的「殊榮」，一邊扭著身子一邊說道：「提示？呃……書店嘛，販賣智慧的地方，就這麼寫吧。」

正在打字的石承榆停下動作，不太肯定地道：「是不是太直白了一點？」

路浚衡聞言忍不住翻了個白眼，「搞清楚重點，這故事的衝突核心還是警探跟凶手的碰撞，不是猜謎大賽。而且你把謎題設計得太曲折，讀者只會覺得很煩然後直接跳過那一節，所以幹麼浪費精力做白工呢？」

說到此處，路浚衡悄悄看一眼窗外一片漆黑的街道，像是在等待什麼，不動聲色地續

道：「更重要的是，我死不死是其次，你的目標是要讓倪疏正好逮到你犯案，這樣的結尾才足夠衝擊，所以你弄個很難的謎題讓他猜不到幹麼？你到底是要成就他、還是給他找麻煩？」

石承榆似乎沒發現眼前這個死到臨頭的被害人實在過於鎮定，而且言語間已經充分掌控了自己的思考模式，對他說的話難以產生牴觸或質疑，只覺得「好像有道理」，然後乖乖照辦。

他不知道，自己面對的是一個善於觀察與總結人性的「故事大師」，已悄然寫下屬於他的結局。

就在他發出第一封提示信後沒多久，兩道刺眼的光線拐入漆黑的街道，只見慘白的前照燈光線隨著車子緩緩逼近，然後光源就這麼停在路口處，光線正好朝著書店大門射來，將店鋪裡映得一片亮白。

「你想過萬一倪疏是帶著一群警察來逮捕你嗎？那樣你打算怎麼辦？直接束手就擒？」路浚衡忽然問起了這個早該提出的問題。

石承榆拿起刀子，緩緩走到路浚衡身後，刀刃直接架在他的頸動脈上，語帶癲狂地說道：「那我就在眾目睽睽之下割斷你的脖子，然後小疏衝上來制伏我，成為真正的束光警探……精采啊！這畫面很棒啊！所有人都會記住他的英姿！他會成為英雄、成為大明星！哈哈哈——」

書店的門被推開了，車頭燈將來者的影子映照在地上，拖曳出一道修長的身影。

只有一道，來的人只有一個。

「呵，你來了小疏……不，是『東光警探』，你來了！來阻止我吧！讓全世界都記住你！」

石承榆就像個瘸腳的三流演員，朗誦台詞的口氣既浮誇又僵硬，但高漲的情緒透露著他已然在崩潰邊緣的事實，早就搞不清現實與戲劇的差異，也搞不清自己和倪疏的關係，彷彿所有顏料都混淆在一起，攪成了令人作嘔的汙穢色澤。

然後他狂亂的表情僵住了，看著逐漸在陰影中展露出來的面孔，發出了憤怒的嚎叫。

「怎麼會是你啊！」

砰！

一聲槍響在路浚衡耳邊炸開，他甚至感覺子彈彷彿捲著熱流擦過他的額頭，但他知道眼前的人可是槍法絕佳的王牌警探，這種距離下絕不可能射偏，所以那絕對是錯覺。

砰！

這次是重物落地的聲響，當石承榆被一槍貫穿腦袋的屍體在他身後倒下時，路浚衡一顆吊著的心終於放下來，然後抬眼望向拯救他的英雄。

「就知道來的會是你，啟晨。」路浚衡笑著笑著就齜起牙，看來他體內的藥效已經退光了，現在的他真的感覺像剛被車子撞過，還被來回輾了幾輪，全身痛得不行。

霍啟晨放下槍，原本冷靜的黑眸被淚水淹沒，衝上來抱住路浚衡，又在對方發出哀號時連忙退開，然後開始撕扯他身上的膠帶。

「凶手已被擊斃，封鎖現場！」楊志桓帶著一夥凶案組的下屬從四面八方的陰影處冒出，俐落地執行起自己的工作。

他們也不知道霍啟晨到底在那封信裡看到什麼暗號，讓他一口咬定石承榆選擇的作案地點就是這家書店，反正當他們趕到時，正好就看見石承榆提著刀子在路浚衡身邊走來走去，讓他們也不敢輕舉妄動，就在周圍做好布置，討論著要如何「攻堅」。

然後霍啟晨就拎著槍獨自上陣了，以最英勇的姿態救下他的搭檔。

「浚衡，沒受什麼重傷吧？」親自壓陣的王秉華上前關心這位和死神擦肩而過的特邀顧問，啞然失笑道：「真佩服你們兩個還能隔著一篇文章配合，你不覺得自己賭得太大了嗎？」

路浚衡豎起大拇指，在霍啟晨的攙扶下起身，笑道：「這就叫搭檔的默契！而且我知道啟晨一定會來救我，我只是稍稍用計縮短一下自己受苦的時間啦，你是不知道，那傢伙把我當沙包揍欸，你們要是拖太久，我是真的怕他開始砍我手指來玩！」

然後他就聽到身邊的霍啟晨發出混著哽咽的驚呼，連忙改口道：「沒事，我這個就一點皮肉傷而已！你看，我還可以走，不用擔心我！」

「好了，小晨你快帶他去醫院吧，現場交給我們處理就好。」王秉華不耐煩地揮著手驅趕路浚衡，「雖然你跟我們警局簽了免責書，你掛在這裡我也不用負責，但還是別發生這種事比較好，那樣太影響我的仕途了，我還想再找機會往上升一升呢。」

路浚衡毫不客氣地給老友一個粗鄙的手勢，然後才被霍啟晨架著走出一片狼藉的書店。

「你忍忍，就快走到車子了。」霍啟晨悄聲說著，但他身邊的路浚衡卻是在靠近車門時止住身子，轉過來捧著他的臉細細端詳。

「眼睛這麼腫，到底是哭了多久啊?你這樣是想心疼死我嗎？」路浚衡用指腹輕揉著霍啟晨浮腫泛紅的眼眶，「別哭啦我的英雄，你救了我、擊斃了變態殺人魔，又維護了一次范西市的和平，是一場值得高興的勝利！」

霍啟晨將臉埋進路浚衡頸窩，哽咽的嗓音中混著悲傷與惱怒，又是慶幸、又是怪罪地罵道：「你怎麼、怎麼能賭我來得及？不准再這樣了！不准！我、我……我不想失去你……」

「我這個人不喜歡設計什麼太複雜的謎題讓讀者猜，我知道我寫說，那個作者就是在這裡第一次見到了他最喜歡的讀者，你肯定就知道我在說什麼地方。」

路浚衡抱著霍啟晨，輕輕撫觸他的背脊，語帶笑意地說道：「我可沒有在賭，早就知道結局是什麼，怎麼能算賭呢？你知道的，我可不是個會爛尾的作者，一切都在我的掌控之中哦……我的曙光。」

霍啟晨抬起頭，凝望著那雙總是對他充滿柔情的眼眸，輕輕捧起他的臉，悄聲說道：「你才是我的曙光。」

他以為自己可以忍受沒有路浚衡在身邊的人生，因為幸福本來就不屬於他，但在對方被帶走的那一刻他才發現，他錯得離譜。

他需要路浚衡，他想要路浚衡，他就要這個男人永遠留在他身邊——

路浚衡才是他的曙光。

輕柔的吻在兩人的唇上綻放，霍啟晨能感覺路浚衡的嘴角微微揚起，不禁加重了親吻的力道，讓兩人的唇瓣緊緊相貼。

「啟晨，我喜歡你，真的很喜歡。」路浚衡貼著霍啟晨的額際低語，鍥而不捨地道：「說十次你不信，我就說一百次、一千次，我會一直說下去，說到你相信為止。」

霍啟晨輕笑一聲，眼底的悲傷化了開來，變作純粹的愛戀。

「我也喜歡你，浚衡，你……要當我男朋友嗎？」

「嘖，哎！我上次就是忘了補後面這句，讓你鑽漏洞了！失策！」

「……你到底答不答應？」

「我如果說我早就自認是你男友，你會不會生氣？」

「你再不好好答應，我就要生氣了。」

「要要要！我要當你男朋友！」

夜幕低垂，兩人就這麼倚著車子，在昏黃的街燈下，用親吻傳遞著對彼此的情意……

# Epilogue 尾聲

「啊，選擇障礙了，你幫我挑一個！」

聞言，霍啟晨擦著濕髮走進衣帽間，就看到方才早他一步離開浴室的路浚衡站在全身鏡前，拿著兩條領帶在胸前比來比去，遲遲無法做出選擇。

「藍色的？今天怎麼穿得這麼隆重？」霍啟晨其實也很少穿這種正式的西裝，對打領帶的學問沒有深入瞭解，就是哪條順眼便挑哪條。

路浚衡聽從戀人的意見，在鏡子前一邊打著藍色領帶、一邊回道：「因為要去做一個很重要的提案報告，所以得穿得正經一點，比較好推銷我的提案……啊，我男友真是好眼光，怎麼選了一個這麼搭的顏色呢？我帥透了對吧？」

霍啟晨瞟了路浚衡一眼，對他這種渾然天成的自戀行為完全沒轍，但好在實際情況也不需要他睜眼說瞎話，所以他只是撇撇嘴，隨後小聲附和道：「很帥……」

他說著便上前替路浚衡調整領帶的位置，如此近的距離下注意到他臉上的傷痕，不禁問道：「傷口還痛嗎？要不要貼起來？」

「都結痂了，早就沒感覺啦！」路浚衡像是要佐證自己的說詞，還刻意用手去揉那塊挫傷的肌膚，又笑著續道：「而且傷疤能凸顯我的男子氣概，當然不能貼起來。」

距離那一晚驚險刺激的綁架案也過半個月了，路浚衡一身皮肉傷在這段時間裡已經痊癒得差不多，只剩下一些不明顯的小疤痕。

看著近在咫尺的臉龐，再想到方才浴室裡的「小運動」，路浚衡就忍不住張手摟住霍啟晨，湊上前直接送上一記深吻。

霍啟晨被這突襲一驚，但也沒掙脫，在柔軟的舌尖鑽入口中時，雙手下意識抓緊路浚衡的衣領，生澀地將嘴張得更開，任由戀人掠奪他的呼吸、舔咬他的唇角，在換氣時發出誘人的鼻音。

路浚衡真的很喜歡接吻，這是霍啟晨這段時間以來的體悟，而他自己說不上特別偏好，但這種被索求的體驗讓他感到十分甜蜜，所以也跟著有點上癮。

隨著親吻越發深入，腦中不禁浮現剛剛在淋浴間裡的場景，路浚衡也是這樣親著他，強勢地堵著他的唇齒，邊親邊肏，吸含著舌肉的同時，將燙熱的精液通通灌進甬道深處，把他推向高潮……

「嗚、嗚嗯……再這樣、呼呵……會遲到……」霍啟晨趕在自己也淪陷之前止住這番親熱，隨後就注意到自己把路浚衡的襯衫弄得皺褶不堪，羞愧地說道：「抱歉，衣服都弄亂了……」

「再換一件就好了。」路浚衡從衣櫃裡抽出另一件平整的衣衫，又調笑道：「我不介意褲子也換一件哦。」

「我介意。」霍啟晨瞪了他一眼，這也轉身去挑自己的衣服，不過這畢竟是路浚衡家的衣帽間，他只是留了幾件備用衣服在這裡，選擇並不多。

他拿起自己的T恤往身上一套，隨即聞到熟悉的古龍水味，顯然是因為跟路浚衡的衣服混放在一起而被沾染，頓時給他一種把戀人的氣味直接穿在身上的感覺。

好、好害羞啊……

「……你有聽到我說的嗎？」

路浚衡的喊聲讓霍啟晨回過神，就聽他又重複一遍道：「我說，晚上不准加班哦，我已經訂了餐廳要好好慶祝提案通過了，你得陪我去！」

霍啟晨抹著衣襬皺褶的手一停，語氣古怪地道：「你不是說今天才要提的嗎？已經先預設好一定會通過了？」

「有通過就是慶祝的晚餐，沒通過就是安慰的晚餐，反正你就是要陪我，就這麼說定了！」言詞懇切，有理有據，並且不接受任何反駁。

「……好，你怎麼說都行。」

霍啟晨認命了，這就是自己挑的男友，不接受行嗎？

兩人在玉樹街前分道揚鑣，霍啟晨一如既往地走進第一分局，準備開始今天的新工作。

模仿案的餘波還沒平息，不過剩下的工作大部分都轉移到檢方那裡，他已經可以功成身退。

一切似乎又回歸至過往的平淡正常，但霍啟晨總感覺有點失落，仔細想想才發現他其實是在懷念——

懷念那個擁有搭檔的日子，雖然短暫，但又精采紛呈，更點亮了他的人生。

才正這麼想著，那個令他心心念念的身影就出現在眼前，然後不顧周遭同事的側目，一把將他摟進懷裡。

「通過啦！」

「什麼？」

霍啟晨愣愣地被抱了好幾秒才鬆開，耳邊就聽路浚衡歡快地說道：「雖然男主角辭演，電影拍攝也擱置了，但我跟市府還談好啦，以後要繼續以《西城警事》系列作來配合城市觀光推廣，所以第一分局得全面協助我、提供我最棒的第一線題材！也就是說——」

路浚衡張開雙手，像是在舞台上朗誦對白的演員，表情浮誇地宣告道：「今後起，我就是第一分局的常駐顧問，並且與霍啟晨警官組成搭檔，攜手締造一個治安更好的美麗城市！范西市的罪犯們，顫抖吧！」

啥？這樣也可以？讓一個寫小說的來辦案，是不是太兒戲了啊！

看著總是為所欲為的男友兼未來的工作搭檔，霍啟晨無奈地搖搖頭。

這就是自己挑的男友，不接受行嗎？

聽到路浚衡這番宣言的凶案組組員們一個個翻著白眼，但因為先前模仿案的事情，他們好像也逐漸能接受分局裡有這麼奇怪的傢伙進駐了。

反正又不是他們的搭檔，他們看戲就好囉。

這時，就聽屏風後傳來楊志桓的吼聲。

「桑吉街雙屍案！誰要接？」

「我來負責吧。」霍啟晨馬上進入工作狀態，舉手和組長領了任務後，拿著車鑰匙就

準備出發前往案發現場。

他看向還沒跟上狀況的路浚衡，口罩下的唇角微微勾起，眉眼中有著淡淡的笑意。

「走了，搭檔。」

「好！」

路浚衡跟上霍啟晨的腳步，望著他充滿堅毅的雙眸，在心中忍不住發出感嘆——

哎，我搭檔今天也如此迷人啊！

——《我搭檔今天也如此迷人》全書完

# Afterword 後記

大家好，這裡是很高興又有新作品與大家見面的阿滅！

身為一個喜歡看雙男主搭檔辦案的美劇迷，我自己也寫過不少類似的故事，這次終於從Bromance晉級為ＢＬ，我也是萬分緊張，不知道自己能不能抓好刑偵與愛情兩者的平衡，讓劇情既有精采有趣的辦案、也有甜甜蜜蜜的戀愛，希望《我搭檔》這套書有給大家帶來一段愉快又充實的閱讀時光！

簡單說說故事，雖然被我塞了很多東西，但故事其實主要是想說：當你發現一個人和你預想中的差距很大時，你會願意花時間重新認識他一遍嗎？

路浚衡和霍啟晨兩人之間就是在「破除偶像濾鏡」的過程中，重新認識並重新喜歡上對方，事實上這兩個男人都不完美，有著各自明顯的缺點，但正因為兩人都願意去重新認識眼前這個人，也才有機會觸及對方的內心——

他們是彼此的偶像也是彼此的迷弟，更是彼此情感上的最佳搭檔！

當然，小夥伴們看到這裡應該也能感覺出來，其實還有很多關於他們的故事可以說，不管是家庭背景、過去的因緣、甚至是未來兩人甜蜜地一起辦更多案子，還有很多很多可以發想的部分，所以很希望小夥伴們可以多多推廣這個故事，讓阿滅有機會可以繼續替他們撰寫新的篇章！

最後是不能免俗的感謝時間，感謝Gene老師的美麗插圖，把霍警官畫得那麼帥又那麼可愛，我是真的很不想把他讓給某作者欸（路浚衡：？？）。

然後是感謝最偉大的編編，我在這本書的撰寫過程發生了很多比小說劇情還離奇的災難，導致編編在作業上徒增了很多困難，真是又感激又抱歉，路浚衡有個萬能京哥，我也有個無敵編編嗚嗚嗚～

當然也感謝買了這套書並讀到這裡的你，有讀者們的支持阿滅才能繼續創作下去！

那麼，就讓我們下本書再見了，期待那天會很快到來！

阿滅的小怪獸　2022.12

高寶書版集團
gobooks.com.tw

**FH060**

**我搭檔今天也如此迷人 下**

作　　者　阿滅的小怪獸
繪　　者　Gene
編　　輯　賴芯葳
美術編輯　Victoria
排　　版　彭立瑋
企　　劃　方慧娟

發 行 人　朱凱蕾
出　　版　朧月書版股份有限公司
　　　　　Hazy Moon Publishing Co., Ltd
地　　址　臺北市內湖區洲子街 88 號 3 樓
網　　址　www.gobooks.com.tw
電　　話　(02) 27992788
電　　郵　readers@gobooks.com.tw（讀者服務部）
傳　　真　出版部　(02) 27990909　行銷部 (02) 27993088
郵政劃撥　19394552
戶　　名　英屬維京群島商高寶國際有限公司台灣分公司
發　　行　英屬維京群島商高寶國際有限公司台灣分公司
初版日期　2023 年 1 月

國家圖書館出版品預行編目 (CIP) 資料

我搭檔今天也如此迷人 / 阿滅的小怪獸著 .-- 初版 . -- 臺北市：朧月書版股份有限公司出版：英屬維京群島高寶國際有限公司臺灣分公司發行 , 2023.01-
面；　公分 .--

ISBN 978-626-7201-50-3( 全套：平裝 )

863.57　　111020921